직장인을 위한

연차휴가 생활 백서

김 우 탁

직장인을 위한 연차휴가 생활 백서

초판 1쇄 인쇄 | 2024년 7월 25일
발행 1쇄 발행 | 2024년 7월 30일

지은이 | 김우탁
펴낸이 | 최성준
책임편집 | 나비   **교정교열** | 배지은   **전자책 제작** | 모카   **종이책 제작** | 갑우문화사
펴낸곳 | 나비소리 출판사   **주소** | 수원시 팔달구 효원로 249번길 46-15
등록번호 | 제2021-000063호   **등록일자** | 2021년 12월 20일

나비소리(nabisori) 출판사
생각하는 것을 행동으로 옮기지 않으면 상상이며, 망상에 불과합니다.
이러한 가치관을 가지고 있는 우리는 작가의 마음을 짓는 책을 만듭니다.

> **나비소리는 작가분들의 소중한 원고를 기다리고 있습니다.**

원고 보내실 곳 | nabi_sori@daum.net, mysetfree@naver.com

상점 | www.nabisori.shop.   **살롱** | blog.naver.com/nabisorisalon

ISBN | 979-11-92624-78-5(03810)

내 휴가는 며칠 남았지?

머 리 말

이 책은 취업 준비 중인 사람들, 그리고 이미 취업하여 급여를 받는 사람들을 위한 책이다.

시중에 노동법 실무서는 매우 많다. 필자(筆者)도 이미 여러 종류의 실무서를 집필한 바 있다. 전문적이면서 페이지 수가 많은 책을 쓰기도 했고, 비교적 쉬운 내용의 실무서를 집필하기도 했다. 서술 방식에 차이는 있지만 기존의 책들은 인사담당자를 염두에 두고 썼다는 공통점이 있다. 반면 이 책은 관점을 달리하여 (정확하게는 근로기준법상 근로자인) 직장인을 독자로 삼아 집필하였다. 공인노무사인 필자는 매달 2~3회 정도 노동법 실무 강의를 진행하고 있는데 수강자 대부분은 인사담당자이다. 직장인을 대상으로 하는 강의는 모집하기도 어렵고 활성화되지 않은 것이 사실이다. 이에 회사와 직장인 사이에는 정보의 비대칭성이 존재할 수밖에 없다.

연봉의 많고 적음과 관계없이 직장인들에게 연차휴가는 그 자체로 선물이자 쉼표이다.

직장인은 대부분 월 단위로 임금을 지급받으며 노동법상 근로자의 지위에 있다. 노동법은 근로시간과 임금 등 여러 가지 차원의 주제를 그 범위로 하는데 이 책은 휴가(休暇)에 초점을 맞추었다. 그중 가장 많은 비중을 차지하는 영역은 「연차휴가」이다. 이 책이 다양한 법정휴가의 내용을 담고 있음에도 불구하고 직장인의 가장 큰 관심사인 연차휴가를 책의 주(主) 제목으로 정한 이유는 연차휴가의 비중이 압도적으로 높기 때문이다.

본서는 소설과 에세이의 방식을 차용해 내용을 보다 편안하게 구성해 보았다.

필자가 공인노무사로서 21년간 상담한 사례를 대화체 에피소드로 서술하여 독자들이 편하게 읽을 수 있도록 하였다. 에피소드 다음에는 [김우탁 노무사의 특강] 이라는 부분을 담아 에세이처럼 노동법 내용을 설명하였다.

필자 입장에서는 독자가 이 책을 취업하는 가족, 친구, 선후배, 지인들에게 선물한다면 큰 영광이겠다.

사람은 누구나 행복을 추구하며 이익이 되는 방향으로 움직인다. 사업주는 비용을 극소화하려고 하며 직장인은 임금 극대화를 추구한다. 이는 이기적인 것이 아니라, 너무도 자연스러운 현상이다. 하지만 적어도 무지로 인해 서로 오해하는 상황은 없어야 한다. 이에 수많은 직장인을 대상으로 연차휴가를 포함한 우리나라 노동법상 법정휴가를 충실히 설명하려고 노력하였다. 말 그대로 연차휴가를 포함한 법정휴가의 모습 그 자체에 대해 설명하는 책인 것이다.

이 책의 구성은 다음과 같다.

프롤로그에서는 이 책에서 다룰 내용을 개괄했고 에피소드 1번부터 에피소드 20번까지 연차휴가를 20가지 주제로 구분하여 서술하였고, 에피소드 21번부터 25번까지 출산전후휴가 등 법정휴가를 배치하였다.

책을 쓰다 보면 스스로 여러 차례 좌절(?)을 느끼게 된다. 호기(豪氣)롭게 펜을 들었지만 3부 능선, 6부 능선, 9부 능선에서 한계를 맛본다. 하지만 한계를 극복한 이후에 찾아오는 기쁨을 알기에 계속 책을 쓰게 되는 것 같다.

이번 출간과 관련해서도 감사한 분들이 많이 떠오른다. 필자가 존경하는 수지라소프트의 김선규 회계사님, 개업 초창기 시절 노동

행정에 대한 지식을 전수해주신 김재진 삼촌, 필자가 30대 시절 개업 노무사로서 어려운 시기를 맞이했을 때 대가 없이 도와주신 김진형 선배 노무사님(바른노동법률사무소), 20대 후반 스터디 모임에서 만나서 2003년에 필자와 함께 합격하고 개업한 유다영 노무사(노무법인 원), 수지라 키즈 제1세대 김혜진 노무사, 김병준 노무사(노무법인 햇살), 김석민 노무사(노무법인 파트너스), 류해린 노무사(노무법인 해와달), 노무법인 원(元)의 김현희 노무사, 박효주 노무사, 이종호 노무사, 송명건 노무사, 조수민 노무사, 손창호 과장, 이혜령 주임, 이정민 주임, 김현진 주임, 조한솔 주임 그리고 이 책에 등장하는 필자의 지인들에게 감사드린다. 마지막으로 이 책을 기획하고 여러 가지 아이디어를 제공하신 나비소리 출판사의 최성준 대표님에게 감사드린다.

2024년 7월
홍대입구 노무법인 원(元) 사무실에서
공인노무사 김 우 탁

이 책에 나오는 등장하는 인물, 기관, 기업, 사건, 지명 등은 실제와 관련이 없음을 알린다.

연차휴가 일수를 셈하자

· 나의 연차휴가는 며칠일까?
· 입사한 해의 연차휴가는 며칠일까?
· 근속연수별 연차휴가 일수는
  어떻게 달라질까?
· 회계연도 방식의 연차휴가는 며칠일까?

공인노무사로 일하다 보면 위와 같은 내용의 질문을 가장 많이 받게 된다. 의외로 직장인들이 본인의 연차휴가일수를 정확히 알지 못해 놀랄 때가 종종 있다.

STEP 1에서는 연차휴가에 대한 가장 기본적인 논리인 연차휴가 일수(日數)에 대해 살펴보고자 한다.

직장인과 연차휴가

 # 2023년 4월

부모님이 거룩하게 지어주신 그 이름 김희봉. 기쁨 가득 찬 산봉우리처럼 살라고 지어주신 이름이 아니었던가? 1년간 교환학생으로 멀리 프랑스까지 다녀온 후 드디어 빛나는 대학교 졸업장을 받았지만 시대를 잘못 만나서(?) 여전히 백수다. 여자 친구는 당당히 공기업에 합격하여 재직 중인데 희봉이는 백수라는 신분에 면목이 없다. 취업포털 사이트에 30번 이상 이력서를 넣으니 드디어 면접 기회가 왔다.

'면접 볼 수 있는 기회라도 잡았으니 감지덕지다.'

지속된 백수 생활에 살도 10kg 넘게 쪄서 일단 무난하게 오래 입을 남색 계열의 저가 양복을 구입했다. 아버지께서 직접 칼 다림질을 해주셨다.

"아버지! 손이 베일 정도로 다려주셨네요. 감사합니다."

희봉이 아버지 김재훈은 1964년생으로서 내년 말일 자로 정년 퇴직을 앞두고 있다. 철강제조업체에 원 클럽맨으로 30년 넘게 재직 중이다. 서른셋에 얻은 아들 희봉이가 어느덧 취업준비생이 된 것이 뿌듯하면서도 짠하다.

'이제 내 아들도 격랑 속으로 들어가는구나.'

"전공이 경영학이라 취업이 잘될 줄 알았는데 우리 때와는 너무 다르구나. 그래도 기죽지 말고 잘 다녀오거라."

희봉이가 지원한 회사는 외국계 물류회사로써 주로 자동차를 배송하는 일을 한다. 한국 본사는 서울에 있지만 울산과 부산에도 지점이 있다고 한다. 연고 없는 지방이라도 일단 붙고 보자는 심산으로 지원했다.

면접 대기실은 자대배치를 기다리는 신교대의 신병 대기실 같은 모습이다. 면접 장소 안에서 면접관들이 질문하는 목소리가 문 사이로 조금씩 들리니 더 긴장된다. 신병처럼 각을 잡고 앉아있는 경쟁자들의 모습에 씁쓸한 마음도 든다.

"자, 다음 순번은 11번부터 15번입니다."

면접안내자가 희봉이의 순번을 불렀다. 11번 김희봉. 1이라는 숫자가 두 개 들어간 것이 어쩐지 느낌이 좋다. 갑자기 심장박동이 빨라지고 긴장이 몰려온다.

"안녕하세요. 5인 1조 방식의 면접입니다. 12번은 결시했으니 11번, 13번, 14번, 15번 네 분 각자 자리에 순서대로 앉으세요."

희봉이와 다른 지원자들은 면접관에게 가볍게 목례를 하고 각자 자리에 앉았다.

"먼저 우리 회사에 지원해주셔서 감사드립니다. 1차 면접 자리이고 3명의 면접관이 있습니다. 각 면접관이 여러분에게 약 3분 정도씩 질문할 예정입니다. 저는 면접위원장입니다. 제가 여러분에게 지원 동기에 대한 질문을 간단히 한 후 여러분들이 바라보는 방향 기준으로 왼쪽에 앉은 면접관이 먼저 질문을 하고 오른쪽에 있는 면접관이 두 번째, 그리고 저는 마지막으로 질문하도록 하겠습니다. 긴장 풀고 편하게 답변해주세요."

"예. 알겠습니다"

"그리고 사전에 공지한 바와 같이 본 면접은 블라인드 면접입니다. 지원자들의 출신에 대한 정보는 모두 블라인드 처리되었습니다. 면접관들은 심지어 지원자의 나이와 이름도 모릅니다. 이에 본인이 경험한 이력 외에 학력이나 출생지, 나이 등 출신에 대한 힌트로 작용할 정보는 면접 중에 절대로 말씀하시면 안 됩니다."

희봉이는 갑자기 머리가 하얘졌다.

'뭔 이력이라도 있어야 썰을 풀 텐데. 기껏해야 철학과 역사 동아리 활동밖에 없는데……'

면접관이 다시 이야기한다.

"지원 순서대로 진행하겠습니다. 11번 지원자님?"

"네, 안녕하십니까? 지원자 11번 김희봉이라고 합니다."

"하하! 이름을 이야기하셨네요."

"아, 죄송합니다."

"아닙니다. 이미 말씀하신 것 어쩔 수 없죠. 고전적인 이름이 멋있습니다. 자, 간단한 본인 소개 부탁드립니다."

뭐라고 떠들었는지 기억도 나지 않는다. 이름을 말해버리는 바람에 멘탈 스텝이 완전히 꼬여서 앞뒤 없이 이상한 말들을 나열했을 뿐······.

"네, 본인 소개 감사합니다."

첫 번째 면접관은 회사가 하는 일을 알고 있는지에 대해 물었다. 예상했던 전형적인 질문이었다. 두 번째 면접관은 회사에 입사하면 어떤 방식으로 일할 것인지 물었다.

"우리 회사는 열정적으로 일하는 사람을 좋아합니다. 11번 지원자는 워라밸에 대해 어떻게 생각하는지요?"

희봉이는 Y자 갈림길에 섰다.

'워라밸을 좋아한다고 해야 하는가? 워라밸 따위는 개나 주라고 해야 하는가? 에라이, 모르겠다!'

"네, 저는 젊어서 고생은 사서라도 해야 한다고 생각합니다. 입사 기회를 주신다면 불철주야 회사를 위해 열심히 일하겠습니다. 무엇이든 배우고자 하는 자세로 임하겠습니다."

질문을 했던 두 번째 면접관은 살짝 미소를 지은 채 더 이상 아무 말도 하지 않았다.

면접위원장이 마지막 질문을 한다.

"11번 지원자님. 연차휴가라고 들어보셨지요?"

"네."

"만약 개인적인 해외여행을 위해 주말을 포함해서 연차휴가를 5일 정도[1] 사용하려고 하는데요. 회사에서 업무에 중대한 영향을 주는 시기라는 이유로 그 신청을 반려했어요. 정확하게는 시기 변경을 요청[2] 한다고 합니다."

"네."

"이 경우 어떻게 대처할 예정인가요?"

갑자기 친구들과 몇 년 전 약속한 해외여행 계획이 생각났다. 희봉이는 우리나라 나이로 28살임에도 비행기를 타본 적이 한 번도 없었다. 심지어 제주도조차 가보지 못했다.

"네. 연차휴가는 연(年)마다 자유롭게 쓸 수 있는 것으로 알고 있습니다. 따라서 회사가 반려하는 것은 안 되는 것으로 알고 있습니다. 그런데 반려를 한다면 회사에도 사정이 있다고 생각합니다 ('아, 무슨 소리를 하고 있는 것인가?'). 양쪽 입장을 고려하여 미리미리 연차휴가 계획을 회사에 알려서 해결하겠습니다."

"아, 제가 이야기한 상황은 이미 확정된 해외여행 계획을 변경하겠다고 한 것인데요. 너무 어려운 질문이었나 봅니다. 말씀 감사합니다."

1차 면접 결과는 탈락이었다. 어느 속담처럼 첫술에 배부를 수는 없을 거란 생각을 하면서 절친 형구와 소주를 기울였다. 형구는 국내 대기업 물류회사에서 팀 막내로 재직 중인 초등학교 때 친구이다.

---

1) 연차휴가는 주말에 사용할 수 없다. 주말은 소정근로일(사전에 근로하기로 정한 날)이 아니기 때문이다.
2) 이를 연차휴가에 대한 시기변경권이라고 한다(근로기준법 제60조 제5항 단서).

"이번 면접 아웃됐다고 너무 슬퍼하지 마. 나도 면접 다섯 번 보고 붙었잖아."

"어. 근데 연차휴가를 신청했는데 그걸 회사에서 변경하면 어떻게 할 거냐고 묻더라고. 헛소리를 해서 탈락한 건 그렇다 쳐도 원래 변경 자체가 불법인 거 아냐?"

"뭐 나도 인사과 소속이 아니라 모르겠는데 꼭 그렇지는 않을걸?"

"그래? 근로기준법이 꼭 근로자를 위한 법은 아니네? 그나저나 용돈도 다 떨어졌는데 취준 활동하는 동안 버틸 아르바이트 자리를 구해야겠다."

"내 동생이 홍대에서 아르바이트하는데 거기 소개해줄까? 일손이 부족하다고 하던데."

"어떤 일?"

"일본음식점 가게 일이야. 외국인들이 많이 온다고 하던데 너 나름 프랑스 다녀왔잖아."

"거긴 영어 안 쓰거든?"

"뭐 알파벳을 사용하는 것은 똑같잖아. 싫으면 말고. 그리고 아까 그 연차휴가는 창호 형에게 물어봐. 다음 면접 때 또 당하지 말고. 창호 형은 명색이 노무사니까 우리보다는 훨씬 잘 알겠지!"

"아, 창호 형도 이제 노무사 경력이 만 1년 6개월이 넘었겠구나. 한번 연락해봐야겠다."

이 책의 전개 :
나무 아래에 사람이 있는 모습이 쉬는[休] 것이다.

워라밸 시대에 직장인에게 있어 최고의 선물은 무엇일까? 아마도 휴가(休暇)가 아닐까 한다. 필자(筆者)는 노무법인을 운영하는 대표로서 사무직원 채용 면접을 진행하곤 한다. 또한 외부 기업에 채용 면접관으로 참여하기도 한다.

필자가 공인노무사 시험에 합격했던 20년 전만 해도 면접 자리에서 휴가를 많이 쓰고 싶다고 감히(?) 말할 수 있는 분위기가 아니었다. 그 당시의 시대적 분위기가 그랬다. 하지만 강산이 두 번 바뀐 2020년대에 입사 지원자에게 "어떤 점이 가장 궁금한가요?"라고 물으면 백발백중 연차휴가를 자유롭게 쓸 수 있는지를 물어본다 (이에 필자는 면접 시 우리 사무실의 연차휴가 사용 방식을 미리 지원자에게 설명한다).

13월의 보너스인 연말정산 환급금과 더불어 또 다른 13월의 월급이었던 연차휴가수당은 이제 역사 속으로 사라지고 있다. 휴가라는 정체성에 맞춰서 휴가 그 자체를 실제로 사용하기 때문이다.

이 책에서는 연차휴가를 포함하여 노동법에서 규정한 모든 법정휴가와 휴직을 다루어보려고 한다. 물론 회사 규정을 통해 자체적으로 규정한 약정휴가도 있지만 이는 말 그대로 회사에서 정한 사항이므로 그 내용이 천차만별[3]이다. 직장인(정확하게는 근로기준법상 근로자)에게 마땅히 적용되는 법(法)에서 정(定)한 휴가, 법정(法定)휴가에 대해 서술해보려 한다. 법정휴가는 독자들이 생각한 것보다 그 유형이 많은데, 이 책에서 다루고자 하는 법정휴가의 유형은 아래 표와 같다.

연번	휴가 유형	관계법령
1	연차유급휴가	근기법 제60조
2	출산전후휴가	근기법 제74조 제1항
3	배우자 출산휴가	고평법 제18조의2
4	생리휴가	근기법 제73조
5	난임치료휴가	고평법 제18조의3
6	태아검진휴가	근기법 제74조의2
7	가족돌봄휴가(휴직 포함)	고평법 제22조의2 제2항
8	육아휴직 (육아기 근로시간 단축 포함)	고평법 제19조
9	보상휴가제	근기법 제57조

이 책에 수록된 휴가와 휴직의 내용은 (직장인이 가장 궁금해하는) 연차휴가에 대한 서술이 약 80%를 차지하며 (연차휴가 외 나머지) 법정휴가에 대한 서술이 20% 정도의 분량을 차지한다.

---

3) 근로기준법 등 강행법규에 위반되지 않으면 어떠한 내용도 규정할 수 있다. 결혼하는 자에 대한 휴가가 대표적인 약정휴가이다.

연차야? 월차야?

2020년 6월

'내년 노무사 2차 시험을 위해서 필요한 돈은 얼마일까?'

창호는 생각했다. 몇 달 또는 길면 6개월 정도는 주경야독하면서 기본기를 다져야겠다고. 이미 학원가를 한번 겪어봤기에 1순환부터 학원에 진출하는 것을 목표로 했다. 아르바이트 일은 이른바 사무보조였다. 학원 선생님이었던 김우탁 노무사의 사무실에서 자료입력, 강의안 작성 보조, 컨설팅 보고서 작성 보조 업무를 하기로 구두 합의하고 홍대 인근 카페에서 김우탁 노무사를 만났다.

홍대입구역 3번 출구 앞에 있는 연트럴 파크에 조금 일찍 도착하여 사람들을 구경했다. 9번 출구 앞 전통 번화가 못지않게 인파들이 붐빈다. 막 시작되는 여름의 느낌이 물씬 풍긴다. 버스킹하는 사람과 그를 구경하는 이들의 모습이 제법 낭만 있어 보인다.

'나도 내년에는 당당한 모습으로 정민이와 함께 여길 오고 말리라.'

전화기가 울린다.

"창호야. 지금 전철에서 내려서 올라간다. 어디쯤이니?"

"네. 3번 출구 근처에 있습니다."

"창호답게 빨리 왔구나. 카톡으로 보낸 그 카페 안에서 보자. 더 우니까 어서 들어가 있어. 나는 아이스 아메리카노로 주문 부탁해. 배고프면 베이글 빵도 주문해줘. 거긴 후불이니까 편히 주문하고 기다리면 돼."

작년까지 학원에서 노동경제학 강의를 하던 김우탁 노무사. 종강 시간에 동료 강사이자 후배 노무사인 박원철 노무사가 라이브 노래로 은퇴식을 기념해주던 모습이 지금도 눈에 선하다. 사실 김우탁 노무사와 특별한 인연이 있었던 것은 아니었다. 언젠가 2순환 강의 종료 후 질문을 하러 갔는데 질문자 중 창호가 맨 마지막에 질문을 했었다. 그때는 창호가 신림동에서 두세 달 자취를 하던 중이라 귀가 걱정은 없던 시절이었다. 질문할 내용이 많아 일부러 맨 마지막 순서로 질문을 했었다. 이런저런 질문을 하고 나니 김우탁 노무사가 고시촌에 거주하냐고 물으며 창호에게 편의점에서 간식이라도 함께 먹자고 해서 처음으로 일대일로 많은 이야기를 나누게 되었다. 그 인연으로 창호는 종종 공부 방법과 진로에 대해 김우탁 노무사에게 물어보곤 했다.

창호는 안타깝게도 작년 2차 시험에서 고배를 마시고 앞으로 어떻게 지내야 할지 고민하던 중에 김우탁 노무사에게 조언을 구했다. 그때도 홍대입구역 인근에서 만났는데 그는 경의선 책거리에 있는 마포소금구이에서 소주와 소금구이를 사주면서 창호를 위로해주었다.

지친 심신을 위로하고 수험 비용을 충당해야 했기에 2020년 시험은 1차만 응시하였다. 올해 2차 시험을 지나칠 생각에 불안하였지만 1차 시험에 합격하면 이듬해 2차 시험을 면제해주기 때문에 1

차 시험은 미리 해결하였다. 일단 1차를 먼저 해결하고 현실적인 경제적 문제를 해결한 후 2021년 시험을 노리자는 전략도 김우탁 노무사의 조언에 따른 것이었다. 집 근처 식당에서 아르바이트 자리를 구했는데 면접 당시 제시한 근로시간보다 일하는 시간이 점점 더 늘어났다. 도저히 공부를 병행할 수 없어 그만두었다. 이제는 제대로 주경야독에 나서야 하는 상황이 왔다. 김우탁 노무사가 알려준 카페는 꼬마빌딩 1층에 위치해 있었다.

'카페 인 홀릭이라, 이름 멋있구나.'

아기자기한 장식품이 꽤 있었다. 카페 사장님은 밝게 웃으며 창호를 맞이해주었다.

"아까 노무사님에게 전화 받았습니다. 결제는 나중에 할 테니 편히 메뉴 말씀해주세요."

"아이스 아메리카노하고 아이스 카페라테, 베이글 빵 2개 주세요."

지상 1층과 지하 1층을 모두 카페로 사용하는 공간이었다. 어릴 적 봤던 로봇 장난감도 있었고 아톰 장난감도 진열되어 있었다. 홀릭이라는 단어는 미쳤다는 뜻이다. 공부에 미쳐보고 싶다는 생각, 언젠가 노무사가 된다면 그 일에 미쳐보고 싶다는 로망이 늘 창호에게 있었다. 사실 대학생 때는 노무사라는 직업에 관심이 없었다. 정확하게 무엇을 하는 직업인지 잘 몰랐고 관심도 없었다. 이후 사회복지학을 전공하고 관련 단체에서 일을 한 적이 있었다. 소명감으로 몸을 던진 세월이었다. 하지만 현실은 녹록지 않았다. 그 이후 29살에 직업훈련 등을 컨설팅하는 민간위탁기관에 취업했는데 정부가 지원하는 재정으로 운영되는 기관의 특성상 예산제약이 심했다. 위탁기간이 정해져 있어 고용에 대한 지위도 한 마디로 파리 목숨이었다. 미래에 대한 불안감, 서른이 넘었다는 세월의 흔적이 선명해지자 그때부터는 막연히 안정적인 장래를 꿈꾸게 되었다. 사회복지관과 직업훈련 관련 기관을 다닐 때 노무사들이 강의하고 자문하는 모습을 본 적이 있다. 2019년 서른의 나이로 수험공부를 시작했다. 여자친구인 정민이는 늘 그를 응원해주었다. 늦은 나이에 공부를 시작했어도, 작년에 고배를 마셨어도, '시작이 반'이라는 말로 그를 위로해주었다.

김우탁 노무사가 땀을 닦으며 카페에 들어왔다.

"창호야. 오랜만이다. 잘 지냈니?"

"네. 선생님 안녕하세요."

"내가 뭔 선생님이니? 그냥 강사였던 사람이지. 학원은 언제쯤부터 다시 갈 거니? 0순환부터?"

예전 행시(5급 공채) 학원에서 시작된 순환 시스템이 노무사 학원가에 정착되었다. 1월부터 진행되는 본 진도는 첫 번째 순환이라는 의미에서 1순환이라고 한다. 그런데 그 전에 본 진도 학습을 위해 기초소양을 다진다. 이를 0순환, 혹은 예비순환이라고 한다.

"아니요. 저는 1순환부터 주말반으로 들으려고 합니다."

이미 2019년에 2차 시험을 경험한 창호는 기본기가 꽤 탄탄했다. 노동법과 행정쟁송법, 인사관리 그리고 노동경제학을 이미 3회독 하였기에 암기 부분을 더 정교하게 정리해야 하는 상황이다.

"그래. 창호 수준이면 1순환부터 해도 충분하지. 학원과 강사 선택은 그대로 진행하는 거지?"

"네. 그렇게 하려고요."

"일단 지금까지 공부하면서 작성한 서브노트를 틈틈이 계속 반복해서 봐야 한다."

노동법은 2과목 체제이기 때문에 사실상 2차의 과목 수는 다섯 과목이다. 학원 수강료와 교재구매까지 생각하면 1순환 때 100만 원, 2순환 때 80만 원, 3순환 때 50만 원이 필요하다. 할인 혜택을 노리더라도 넉넉잡고 230만 원은 있어야 한다. 교재비도 70만 원 정도 필요하고, 통학비와 밥값 명목의 200만 원을 고려하면 대략 500만 원은 있어야 한다. 창호를 아르바이트생으로 채용하기로 한 김우탁 노무사는 얼마 전까지 신림동 소재 한림법학원의 노동경제학 강사였고 소위 1타 강사였다. 그는 누구보다 학원 시스템을 잘 아는 사람이었다.

"창호 내년에 제대로 공부하려면 한 500 정도는 깨지겠는데?"

"와우 정확합니다. 열심히 활동비 마련해야죠."

"그래. 지금이 6월이니 12월까지 7개월 정도 근무하고 한 달에 100만 원 정도 저축하면 700은 모이겠구나."

"네. 맞습니다."

"밥은 여기서 점심 저녁 모두 사줄 테고. 차비와 개인소비를 월 60만 원 정도로 통제해보자. 그러면 목표하는 독립자금은 마련될 것 같구나."

"네. 감사합니다."

"아니야. 감사하긴. 근로 대가로 당연히 지급하는 게 임금이잖니?! 다만 창호는 파트타이머니까 그에 맞게 달봉 실수령액으로 170만 원 정도 지불하마. 노동법 시간에 근로시간 비례원칙이라고 배웠지? 세전으로 환산하면 190만 원 정도 될 거야."

"네. 그렇게 알고 있겠습니다."

"그리고 공은 공이고 사는 사니까 출근 당일에 근로계약서 쓰자."

"네. 알겠습니다."

"약속한 시간만 근로하고 퇴근한 후에는, 물론 마음처럼 쉽진 않겠지만 저녁에는 공부를 하도록 하자. 집이 여기랑 신림동에서 멀진 않지?"

"네. 딱 중간이니까 통근이나 통학은 충분히 가능합니다."

"그래. 우리 사무실에서 근무하는 사람들이 다 순한 편이니까 사이좋게 잘 지냈으면 한다. 여기 온 김에 잠깐 같이 갈래? 그래야 다음 주 인사할 때 덜 뻘쭘하지 않을까?"

홍대입구역에 소재한 김우탁 노무사의 사무실에 잠시 들렀다. 이미 창호의 입사를 알고 있는 구성원들은 그를 환대하며 반겨주었다.

#2020년 7월

노무법인의 업무는 다양했다. 다양한 업무에 적응하다 보니 어느덧 한 달이 흘렀다. 대표 노무사인 김우탁 노무사는 사무실에 머무르는 시간이 통상 일과 시간의 절반도 안 되었다.

'대표님이라 밖에서 노시나?'

사무실에 없으니 여유 있게 사시는 줄 알았다. 한편, 자문사에서 전화가 올 때면 근무하는 노무사들이 문의 사항에 대해 착착 대답하는 걸 보면서 신기하다는 생각이 들었다.

'저걸 어떻게 헤매지 않고 바로 대답하지?'

파트타임 근로자(단시간 근로자)인 창호는 10시에 출근하고 4시에 퇴근한다. 임금체계개선, 교대제 개편, 성과급 설계, 노사관계의식 조사 등 여러 컨설팅 업무에서 설문지를 정리하고, 엑셀로 코딩하고, 파워포인트로 정리하는 일들을 했다. 돌발 상황이 없는 업무라서 비교적 여유 있게 예상된 일들을 했다. 퇴근 후에는 집 근처 사설 독서실로 가서 짐을 놓고 책상 스탠드를 켜두고 잠시 나오는 루틴을 밟았다. 근처 개천에서 30분 정도 산책하고 몸과 마음을 이완한 후 샌드위치 가게에서 간단한 저녁 식사를 하고 다시 독서실로 가는 생활을 반복했다.

'어느덧 목요일이네. 모레 정민이와 약속이 있구나.'

여자친구와는 일주일에 한 번 정도 만나고 있다. 주로 토요일에 보는데 직장 생활을 하는 정민이가 평일에는 시간 내기가 어렵기 때문이다. 정민이는 교육청 소속 9급 공무원이다. 퇴근 시간 보장은 잘되는 편인데 업무강도가 센 것 같다. 얼마 전에 급여팀에서 노무팀으로 배치전환되었다.

"오빠 이번 주에 어디서 볼 거야?"

독서실로 복귀하는데 정민이로부터 전화가 온다.

"어. 홍대에서 볼래?"

"그럴까? 오빠 아르바이트하는 곳 근처니까 맛집도 잘 알겠네?"

"많이는 모르고. 몇 군데 가본 적이 있어. 내가 후보군을 압축해 볼게."

"그래. 몇 시에 볼까?"

"5시 어때? 급하게 해결할 업무가 좀 있어서. 잠시 사무실에 가야 할 듯한데 5시 전에는 충분히 끝날 거야."

토요일 지하철은 참으로 여유로웠다. 주말이라 전철로 일터를 왕복하는 사람들이 확연히 적었기 때문이다. 창호는 1시쯤 사무실에 도착했다. 사수 역할을 하는 김혜진 노무사가 담당하는 노사관계 의식 조사 컨설팅 보고서를 작성하기 위해 온 것이다. 월요일에 초안을 의뢰사에 제출해야 하는데 설문지가 급박하게 온 상황이다. 토요일에 출근하는 대신 다음 주 화요일 근무를 쉬기로 했다. 이른바 휴일 대체. 정확하게는 휴무일 대체이다. 사무실에는 마샬사의 스피커가 있다. 직원들이 업무시간에 조용한 클래식을 듣거나 종종 야근 시 유행가를 듣는 데 사용한다. 블루투스 방식이어서 창호도 당연히 접근 가능하다.

'오늘은 나 혼자 근무하니까 엠씨더맥스 노래를 쭉 들어볼까!'

카드키를 문에 댔는데 안에 불이 켜져 있다.

'어제 누가 소등을 안 했나?'

대표 방에서 인기척이 느껴진다.

"어? 맞다. 창호 오늘 휴무일 대체로 나온다고 했지?"

"아 선생님 오늘 출근하셨어요? 어제 그제 사무실에 안 오셔서 3일 만에 뵙네요!"

"나야 사업주니까 근로시간이 의미가 없지. 급한 일이 있거나 강의와 상담을 위한 자료를 만들어야 할 때는 주말에도 많이 나오지. 너희들 퇴근한 시간에 야간조처럼 혼자 와서 일할 때도 많아."

"아 사실 평일에 안 오시길래 대표라는 자리가 여유도 있고 좋다는 생각을 했었어요. 부럽더라고요."

"하하. 당연히 그렇게 생각하지. 사실 그런 대표들도 있을 테지. 하지만 노무사 업무는 꽤나 노동집약적이야. 사실 전문직이라는 직업 자체가 대부분 굉장히 노동집약적이야."

"오늘은 무슨 일이 급해서 오신 거예요?"

"다음 주 화요일에 직장 내 괴롭힘 금지에 대한 강의가 있어."

"직장 내 괴롭힘 강의는 어렵지 않게 하시지 않나요?"

"표준강의안은 노동부 홈페이지에서 쉽게 구할 수 있는데 나만의 버전으로 바꿔야 하고, 스크립트도 미리 준비해야 해. 대상자가 관리자인지, 하급자인지, 여성인지, 남성인지, 4050 세대인지, MZ 세대인지 등도 미리 파악해야 하지. 수강대상자에 맞춘 강의를 하려면 미리 준비해야 해.”

“평일에는 준비하실 시간이 없는 편인가요?”

“평일에는 전화가 많이 오는 편이야. 자문사에서도 전화가 오고 신규 소개 건으로도 연락이 많이 오지. 그리고 업무 단톡방에도 신경을 써야 하고. 그러다 보면 일과 시간이 후딱 흘러가. 사무실에 앉아있어도 전화 받고 이메일 확인하다 보면 강의안 작성과 같은 다른 일에 순수하게 집중하기가 어려워.”

“예전 학원 강의하실 때도 이렇게 주말에 나오신 거예요?”

“그랬지. 그때는 2인분의 인생을 살았으니까. 지금 생각하면 어떻게 그렇게 살았는지 스스로도 신기해. 수강생들은 내가 모든 내용을 다 알고 설명한다고 생각할 거야. 하지만 초보 강사 시절에는 3시간 강의를 위해 10시간을 예습했어. 물론 10년 이상 같은 내용을 반복하면 그 정도는 아니지만 그럼에도 주말에 나와야 할 때가 있어. 그래야 내 머릿속 저~ 멀리 지하로 도망친 지식을 지상으로 올리는 작업을 할 수 있거든. 특히 수험강의는 실무강의와 다르게 굉장히 부담돼.”

‘아, 눈에 보이는 게 다가 아니구나.’

“창호는 오늘 할 일이 많아? 몇 시간 정도 예상해?”

“네. 한 3시간 정도 생각하고 있어요. 평일과 다르게 조용한 주말이라 집중이 잘 될 것 같습니다.”

"그래. 업무 개시하기 전에 잠깐 연차휴가에 대해 알려줄 게 있는데, 잠시 앉을래?"

"네."

"창호가 우리 사무실에 온 지 1개월이 넘었으니 이제 연차휴가 1일이 생겼네. 이번 달 중에 바로 쓰도록 해."

"아 입사한 지 한 달 조금 넘었는데요. 그리고 아르바이트생인 제가 연차휴가를 써도 되나요?"

"당연하지. 우리 사무실은 5인 이상 사업장이니 연차휴가는 당연히 발생하지. 이미 노동법 시간에 배웠겠지만 연차휴가 그 자체를 소멸시키는 것은 딱 3가지뿐이야."

"??!!"

"아 맞다. 학원에서는 판례 법리 위주로 배우니까 아직 감은 안 올 거야. 창호가 확보한 연차휴가 1일은 그 휴가를 쓰거나, 내가 돈으로 주거나, 사용 촉진이라는 3가지 방법으로 활용이 가능하지. 물론 휴가를 언제 언제 쓰라고 강제할 수는 없지. 하지만 자유의사에 기인한 상호 합의는 가능해."

"네. 그렇군요~!"

"내가 젊었을 때는 현물이라는 휴가보다는 현금이라는 수당을 더 선호하는 시대였거든. 그런데 최근 MZ세대들은 현물인 휴가를 더 선호하더라고. 안 그런 사람들도 있겠지만. 창호는 어떠니?"

"네. 저도 휴가가 더 좋습니다."

"그래. 알다시피 1개월 개근에 대해 발생하는 1일의 연차휴가는 입사일로부터 1년까지만 사용할 수 있어. 몰아서 쓰면 창호도 피곤할 수 있으니 가급적이면 그다음 달에 편하게 쓰는 방향으로 했으면 한다. 물론 창호에게는 거부권이 있어."

"아닙니다. 저야 그런 방식으로 사용하면 더 좋죠. 눈치 보여서 못 쓸 줄 알았는데 저는 더 좋습니다."

"우리 법인에서 사용하는 캘린더가 있어. 접속 방법을 알려줄 테니 휴가 가기 3일 전에는 입력해두렴. 내가 일주일에 두 번 정도 접속해서 확인하곤 해."

"네. 잘 알겠습니다."

"그리고 자문사들과 통화하다 보면 월차라는 이야기를 할 거야. 고객들이 말하는 월차는 근로기준법에서 지워진 지 오래야. 그런데도 월차라고 말하는 이유는 한 달 단위로 발생해서 그래. 우리가 자문할 때는 월 단위 연차휴가라고 하거나 1년 미만자 연차휴가라고 응대하는 습관을 들이렴."

"네"

"그리고 내가 강의할 때는 독립연차라고 이야기해. 수지라 프로그램에도 독립연차라는 용어가 보일 거야."

"네. 알겠습니다."

"그리고 독립연차는 입사일로부터 1년이 되는 날에 소멸해. 소멸하면 수당으로 바뀌는데 창호는 12월까지 일하더라도 1년이 안되니까 매월 쓰는 것을 권장하는 거야."

"네. 알겠습니다."

"오늘 일 마치고 집으로 가니?"

"여자친구랑 저녁 먹기로 했습니다."

"아 그렇구나. 주말이니까 즐겁게 데이트해야지. 빨리 마무리하고 가렴. 힘내자."

월차휴가라고 부르는 독립연차휴가

많은 직장인이 에피소드에서 제시된 연차휴가를 월차휴가라고 부르곤 한다. 그러나 이는 엄연히 근로기준법[4]에서 연차휴가라는 용어로 규정하고 있다. 연차휴가의 제대로 된 명칭은 연차유급휴가이다. '연차+유급+휴가'로 구성된 이 단어부터 설명하도록 한다.

연차는 해 년(年)과 이을 차(次)로 구성되어 있는데 '연에 이어서'라는 뜻이다. 즉 재직기간 1년을 채울 때 비로소 후불 성격으로 발생하는 것이 원칙이다. 유급(有給)은 일을 하지 않더라도 급여를 준다는 의미이다. 마지막으로 휴가는 평일(노동법에서는 이를 소정근로일(所定勤勞日)[5]이라고 한다)에 쉬는 날을 의미한다. 참고로 휴일은 입사 당시부터 근로의 의무가 없는 날을 의미한다(주말인 휴일에 연차휴가를 쓰는 사람은 아무도 없다). 즉 연(年)을 채우면 연에 이어서 일을 하지 않아도 급여를 받으면서 평일에 쉬는 날이 연차휴가이다.

주 5일 근무제(정확하게는 주 40시간 근무제) 시행 이전에는 월에 이어서 발생하는 월차유급휴가[6]가 있었다. 그러나 주 6일 시절과 비교하여 휴일이 2배[7]로 증가하면서 월차휴가는 역사 속으로 사라졌다(조문 자체가 삭제되었다).

---

4) 제60조 ② 사용자는 계속하여 근로한 기간이 1년 미만인 근로자 또는 1년간 80% 미만 출근한 근로자에게 1개월 개근 시 1일의 유급휴가를 주어야 한다.

5) 노사 간 일을 하기로 약정한 날을 의미한다. 대부분 평일이 소정근로일이지만 주휴일이 꼭 일요일은 아니어도 되기 때문에 회사마다 약간 다르다.

6) 화석 같은 이야기지만, 이 당시 연차휴가는 10일부터 부여됐고, 월차휴가는 매년 12일이 발생하였다.

7) 주 6일 시절 주휴일은 1년에 52일이었는데, 주 5일로 전환되면서 토요일 포함 104일로 쉬는 날이 증가하였다.

그러나 신입사원에게 1년은 너무 긴 시간이다. 연차휴가를 받기 위해 1년을 기다려야 하기 때문이다. 이러한 맹점을 해소하기 위해「입사한 지 1년이 안된」사람들에게만 1개월 개근 시 (예전의 월차휴가처럼) 1일의 연차휴가를 부여하는 것으로 일단락되었다. 기존 월차휴가와의 차이는 오로지 입사 이후 1년이 되는 때까지만 발생하며 그 개수는 최대 11개라는 점이다.

본래 이러한 1년 미만자 연차휴가는 1년 후 발생할 15일의 연차휴가에서 차감하였다. 1월 1일에 입사한 직장인이 12월 31일까지 근무하면 15일의 연차휴가를 부여받는다. 그런데 당해 연도 5월과 7월에 1년 미만자 연차를 각각 1일씩 총 2일을 사용했다면 13일(=15일-2일)의 연차휴가를 부여받았다. 이에 필자는 그 당시 15일에 종속되었다는 의미에서 종속연차라고 대중들에게 설명했다. 하지만 2018년 근로기준법이 개정되면서 1년 미만자 연차휴가(최대 11일까지 발생한다. 왜냐하면 12일이 되는 지점은 1년이 되는 지점이기에 이때는 15일의 연차휴가로 전환되었기 때문이다)는 차감 없이 독립적으로 살아남게 되었다. 이에 필자는 실무 강의에서 1년 미만자 연차휴가를 독립연차라는 용어로 설명한다. 독립연차휴가의 사용기한은 입사일로부터 1년이다.[8] 다만 1개월을 개근해야 독립연차가 발생함에 주의하여야 한다.

이를 정리하면 다음과 같다.

1. 연차휴가는 본래 연 단위로 발생한다(후술하겠지만 필자는 이를 일반 연차휴가라고 부른다).
2. 월차휴가는 역사 속으로 사라졌고 지금은 이와 비슷한 독립연차휴가가 있다.
3. 독립연차는 1개월 개근 시 1일이 발생하며 최대 발생일수는 11일이다.
4. 독립연차는 오로지 입사 후 1년 미만의 구간에서만 발생한다.
5. 독립연차는 (사용자의 귀책사유가 없다면) 입사일로부터 1년이 되는 날[9]까지만 사용할 수 있다.

---

8) 2020년 3월 근로기준법 개정 전에는 각각의 독립연차가 발생한 날로부터 1년이었다.
9) 근로기준법 제60조 ⑦ 제1항·제2항 및 제4항에 따른 휴가는 1년간(계속하여 근로한 기간이 1년 미만인 근로자의 제2항에 따른 유급휴가는 최초 1년의 근로가 끝날 때까지의 기간을 말한다) 행사하지 아니하면 소멸된다. 다만, 사용자의 귀책사유로 사용하지 못한 경우에는 그러하지 아니하다.

EPISODE 2.
연차휴가는 어떤 회사에 적용될까?

 # 2021년 1월

폭설이 내린다. 너무 춥고 또 춥다. 거창이는 파주에서 연남동으로 출근 중이다. 거리는 꽤 되지만 경의중앙선을 타면 환승 없이 도착할 수 있다. 거창이는 무국적 요리로 승부하는 식당에서 서빙과 설거지 아르바이트를 하고 있다.

"사장님! 드릴 말씀이 있습니다."

"응? 무슨 일이야?"

"모레가 금요일인데 집안일로 연차휴가를 쓰고 싶어서요."

아르바이트를 시작한 지 1년 1개월이 되었는데 지금까지 연차휴가는 구경도 못했다.

"연차? 아르바이트가 연차가 있나? 나는 처음 듣는 말인데?"

"아 저희 직원이 5명이 넘어서요······."

"지금 내 앞에서 문자 쓰는 거니?"

"아니 그게 아니라······."

"헛소리하지 말고 쉴 거면 급여는 안 나가니까 그리 알아. 우리 식당은 상시 근로자 수가 5명이 안 돼. 그래서 연차가 없는 거야."

"5명이 근무하는 날도 있잖아요?"

"내가 창업할 때 노무사들이 하는 교육을 들은 적이 있어. 한 달 평균 인원이 5명 미만이면 5인 미만 사업장이라고 했어. 우리는 수요일과 목요일에 3명만 출근하잖아. 평균하면 4.XX명이야. 못 믿겠으면 너도 계산해 봐."

뭔지 모를 굴욕감과 패배감이 느껴진다. 연차휴가를 사용하지 못한다면 조곤조곤 설명해주면 되지. 급발진을 하다니. 그런데 왜 연차휴가를 못 쓰는지 이해가 안 간다. 내가 아르바이트라서? 단시간 파트 타이머라서? 사업소득으로 신고해서? 아니면 정말로 상시 근로자 수가 5명이 안 돼서?

거창이는 식당 아르바이트도 하지만 동시에 인터넷 쇼핑몰을 운영하는 사장님이기도 하다. 오픈 마켓에 상품을 올리고 중개한다고 설명하는 것이 더 정확할 것이다. 직원 없는 1인 사업자로서 건강보험은 지역가입자 신분이다. 거창이가 본업이 있고 부업으로 아르바이트를 한다는 이유로 사장은 사업소득으로 비용처리를 하고 있다. 부수적인 사업이라고 생각이 들 때도 있지만 원래는 근로자 신분이 맞지 않는가? 뭐, 세무 처리는 그렇다 치고 연차휴가는 당연히 내 몫이 아닌가 하는 생각이 들었다. 열 받아서 일이 손에 잡히질 않는다. 사장이 이야기한 5명 미만이라는 말이 귀에 거슬린다.

지역 검색으로 노무사를 찾아봤다. 도보 3분 거리에 노무법인 원(元)이 있다. 브레이크타임에 잠시 외출한다고 이야기하고 과감하게 상담을 하러 갔다. 직원들이 여럿 있었고 규모가 꽤 컸다. 막내 사원으로 보이는 직원이 묻는다.

"혹시 어떤 분을 찾아오셨어요?"

"아, 그냥 상담을 좀 하러 왔습니다."

"혹시 약속을 잡고 오신 것인가요?"

"아니요."

"네. 저쪽 회의실에서 잠시만 기다려주세요."

"네."

사부실은 파티션으로 각자의 자리가 구분되어 있었다. 조용한 독서실 느낌이다.

아까 거창이를 응대한 직원이 거창이를 옆에 위치한 대표 방으로 안내했다.

"아, 안녕하세요. 상담 오셨다고요? 안쪽 자리에 편히 앉으세요."

"네."

"날도 추운데 따뜻한 차 한잔하시겠습니까?"

"네. 고맙습니다."

"어떤 내용이 궁금해서 오셨는지요?"

"네. 연차휴가 때문에 왔습니다"

"그렇군요. 혹시 연차휴가미사용수당······ 보통 연차수당이라고 하죠. 수당 청구 때문에 오셨나요?"

"아니요. 저에게는 연차휴가가 없다고 해서요."

"음‥‥‥ 혹시 사업장 규모가 작은 편인가요? 근무 인원이 몇 명이에요?"

"아 그게 요일마다 다릅니다."

"네. 그러면 제가 몇 가지 여쭙겠습니다. 쉬는 날은 무슨 요일인 가요?"

"네. 근무하는 곳이 식당이라 월요일에 쉽니다."

"그렇군요. 그러면 화수목금토일 이 6일 내에 각각 몇 명씩 근무 하나요?"

"수요일과 목요일에는 매출이 안 나와서요. 그날은 3명이 근무 하고 저도 그때는 쉽니다. 그 외에 화요일, 금요일, 토요일, 일요일 에는 5명이 근무합니다."

"네. 그럼 선생님은 주 4일 근무자인 거죠?"

"네. 맞습니다. 그리고 저희 사장님 말로는 한 달 평균해서 5라 는 숫자보다 작은 값이 나오니까 5명 미만이라고 하던데요."

"네, 원칙은 그렇습니다만 선생님네 식당은 결론적으로 5인 이 상 사업장입니다."

"정말인가요?"

"네. 연차휴가는 5명 이상 회사에 적용됩니다. 반대로 해석하면 5인이 안 되는 사업장에는 연차휴가가 없는 것이죠."

"네."

"그런데 근로기준법에서 정하는 상시 근로자 수는 동영상 개념이에요."

"동영상이요?"

"네. 흘러가는 개념이죠. 특정한 날 사진을 찍는 것이 아니라 특정 기간 동안 흘러가는 인원수를 체크하는 방식입니다. 더 구체적으로 설명하면요. 한 달이 30일이라고 가정할게요. 한 달 동안 출근한 일수를 분모에 두고, 출근한 인원을 분자에 둡니다. 즉 평균적으로 1일에 몇 명이 근무하고 있는지를 따져보는 개념입니다."

"그렇다면 저희 식당은 5명이 안 되는 것 같은데요?"

"네. 제가 방금 말씀드린 대로라면 그렇죠."

'뭐야, 장난하는 거야?'

김우탁 노무사는 다시 말을 이어갔다.

"뭐든지 패자부활전이라는 것이 있지 않습니까? 즉 예외가 있다는 것이죠."

"!!"

거창이는 가슴이 뻥 뚫리는 느낌이었다.

결론적으로 거창이가 근무하는 식당은 5인 이상이 맞았다. 기분 좋게 상담료 3만 원을 내고 식당으로 복귀했다.

상시 근로자 수 5인 이상? 5인 미만?

상시근로자 수가 5인 미만인 경우에는 근로자에게 중요한 규정들이 적용되지 않는다. 가장 대표적인 규정이 연차유급휴가 규정이다. 연차휴가는 상시근로자 수 5인 이상 사업장에 적용된다. 참고로 해고의 정당한 사유도 5인 미만 사업장에 적용되지 않으며 연장·야간·휴일근로에 대한 가산(加算)수당도 적용되지 않는다.

에피소드에서 서술한 근로자 수는 전체 근로자 수를 의미하지 않는다. 근로기준법상 「상시」 근로자는 「평균적인 상태에서 몇 명의 근로자가 재직 중인가?」라는 의미이므로 실제 근로자 수와는 다르게 산정된다. 구체적으로 살펴보자.

이는 산정사유 발생일 이전 1개월(사업이 성립한 날부터 1개월 미만인 경우에는 그 사업이 성립한 날 이후의 기간) 동안 사용한 근로자의 연인원[10]을 같은 기간 중의 가동 일수로 나누어 산정한 값을 의미한다.

이 값이 5 이상인지 미만인지가 실무적으로 매우 중요하다. 예를 들어, 9월 1일 연장근로 가산수당(이른바 1.5배 적용 여부)이라는 산정사유가 발생하였을 때 상시 근로자 수 산정기간은 8월 1일부터 8월 31일이 된다. 아래 표와 같이 일자별 인원수가 5명과 4명으로 구성되었다고 가정한다.

1일부터 31일까지 모든 날에 직장인들이 출근하였으므로 가동일수는 31일이고 산정기간 내 가동일수에 출근한 근로자의 합계(연인원)는 140명{=(16×5)+(15×4)}이다. 140명을 31일로 나누면 4.5명[11]이 산출되는데 이 값이 5 미만이므로 원칙적으로 해당 사업장은 5명 미만 사업장으로 본다.

---

10) 연인원을 총인원으로 바꿔서 생각하면 더 쉽다.
11) 소수점 둘째 자리 버림

1일	2일	3일	4일	5일	6일	7일	8일	9일	10일	11일	12일	13일	14일	15일	16일
5	5	5	5	5	5	5	5	5	5	5	5	5	5	5	5

17일	18일	19일	20일	21일	22일	23일	24일	25일	26일	27일	28일	29일	30일	31일	
4	4	4	4	4	4	4	4	4	4	4	4	4	4	4	

① **5명 미만**에 해당하는 인원수(4명)가 차지하는 날들의 합계(15일[12])가
② 산정기간(31일)의 **1/2에 미달**하는 상황
③ 따라서 평균값이 5 미만이더라도 5명 이상 사업장으로 적용

　　그러나 원칙이 있으면 예외가 있기 마련이다. 비록 5명 미만으로 산정되더라도 (독자들이 힘을 빼고 위 표를 봤을 때 5명이 넘는 날들이 한 달의 절반 이상일 것이다. 그렇다면 이 회사는 5명이 넘는 사업장이다.[13])

　　이와 같이 5명 이상 사업장인지의 여부를 매월 판단하는 데 있어 연차휴가 영역은 셈법이 조금 더 복잡하다. 왜냐하면 연차(年次)이기 때문에 1년 내내, 즉 12개월 연속 5명 이상이 충족되어야 한다는 점[14]때문이다.

　　그런데 12개월 연속 5명 이상이라는 요건을 충족하지 못하더라도 독립연차 발생 여부는 또 다르다. 다시 강조하건대 독립연차휴가는 1개월 개근 시 발생한다. 입사일로부터 「1년 동안 연속 12개월간 5명 이상 요건」은 달성하지 못했더라도 이 중 n개월(n≤12)이 5명 이상이라면 독립연차휴가는 n개 발생할 수 있다.

---

12) 8월 17일부터 8월 31일까지의 기간을 의미한다.
13) 정확하게는 5명 미만인 날들의 합계가 산정기간 중 가동 일수의 1/2 미만인 경우를 의미한다 (근로기준법 시행령 제7조의2 제2항 제1호).
14) 근로기준법 시행령 제7조의2 제3항

나의 연차휴가는 도대체 몇 개야?

2022년 1월

　작년 10월 가을, 공인노무사 2차 시험 발표가 있었다. 오랜 세월을 뒤로 하고 창호가 드디어 합격했다. 11월 3차 최종면접을 통과함으로써 진짜 공인노무사가 되었다. 합격자 발표가 나자마자 몇 분 동안은 그저 멍하니 있었다. 먼저 부모님께 전화로 알려드렸다. 눈물이 펑펑 쏟아질 줄 알았는데 의외로 덤덤했다.

　사람은 간사하다고 했던가? 시험에 붙으면 노동법 공부를 더 하리라고 다짐했건만 매일 정민이랑 데이트하거나 유튜브, 넷플릭스를 보느라 시간을 다 보냈다. 어느덧 공인노무사 수습 집체교육 수료식이 열리는 날이 되었다.

　"형은 수습처 진작 구했다고 했죠?"

　같은 조에 속한 동생이 물어본다.

　"응. 진작 구했다기보다 이미 거기서 일을 하고 있었어."

　"아, 형은 이미 일을 다 배운 상황이네요? 부럽습니다."

　"어깨너머로 배운 수준이지. 컨설팅 보고서 위주로 일을 배워서 노동법 자문역을 하기에는 아직 멀었지."

　집체교육 마지막 날이라 노무사회는 예정된 시간보다 1시간 30

분 일찍 행사를 마쳤다. 이제 다음 주부터 자대배치를 받고 본격적으로 신병 생활을 시작한다. 수습처를 아직 구하지 못한 동기들이 있어서 창호는 조 모임에서 조용히 있었다.

당장 김우탁 노무사가 자문사 70개를 배정할 것이라고 했다. 노무법인 원에서 아르바이트를 하면서 담당 노무사들이 통화하는 내용을 익히 들었기에 대략적인 업무 방향은 알고 있었다. 기존 노무사 1명이 퇴사를 하면서 그 노무사의 업무가 자연스럽게 창호에게 배정되었다. 이미 해당 자문사의 이메일과 담당자 연락처를 저장했고 업무 단톡방에 초대된 상황이다.

#2022년 2월

매일 출근하던 길인데 감회가 새롭다. 사무실의 배려로 1월은 집체교육을 무사히 받았다. 교육도 교육이지만 동기들과 전우애를 다졌다. 이틀 전 토요일, 김우탁 노무사가 잠시 저녁을 먹자고 했다.

"손창호 노무사님~ 오랜만이야."

"아, 아직은 어색합니다."

"어색하긴. 자! 선물이야."

김우탁 노무사는 가죽으로 된 명함집을 선물했다.

"대표님 감사합니다. 그런데 이거 좀 비싸 보이는데요?"

"응 맞아. 싼 건 아니야. 이제 노무사로서 새롭게 시작하는데 고객들 앞에서 싼 티 내면 안 돼."

"네. 잘 알겠습니다."

"이제 계절에 맞춰서 양복도 사고 세미 정장도 몇 벌 사야 할 거야. 앞으로 인센티브 많이 줄게."

"네!"

"월요일에 상담 차 외근이 있어. 나랑 같이 가서 제대로 된 실전 경험을 하도록 하자."

일요일인 어제는 선물 받은 명함집에 노무사 명함 50장을 챙겼다. 점심 이후 김우탁 노무사는 손창호 노무사를 데리고 경기도 화성으로 출발했다.

"예전에 학원 선생님으로 계실 때 한번 태워주신 적 있죠?"

"응. 그때는 이 차가 아니었지. 당시 마지막으로 받은 전속계약금을 저축했다가 이 차로 바꿨어. 어리바리하게 자금 소진하느니 차량으로 자산화시켰지."

"네. 오늘 가는 곳은 저희 자문사인데요. 어떤 현안으로 가는 것인가요?"

"연차휴가일수 체크 때문에 가."

"이미 업체에서 알고 있지 않나요?"

"응. 나도 그런 줄 알았는데. 뭐가 많이 꼬여있는 듯해. 내가 실무 강의 중 질의응답하면서 알게 된 회사인데, 우리 법인하고 계약한 지는 두어 달 밖에 안 돼."

"네. 신규 자문사군요."

"재무담당자가 배치전환돼서 인사담당자로 왔는데, 전문 인사담당자라기보다는 총무에 가까운 듯해."

"네."

"창업한 지 10년이 넘었는데 누구는 입사일 기준으로 연차휴가를 셈하고 누구는 회계연도 방식으로 셈하나 봐. 아직 체계와 기준이 없는 거지. 아마 이 부분에 대한 교통정리가 필요할 것 같아."

"네 회계연도 방식은 늘 헷갈리더라고요."

어느덧 차량은 화성에 위치한 공단지역에 진입했다. 상호에 '테크'라는 단어가 붙어있는 회사들이 굉장히 많았다. 다들 우리나라 반도체 산업의 숨은 조력자들이었다. 이른바 협력업체들. 상시 근로자 수는 10명에서 500명까지 다양하다. 주차장에 차를 대고 경비실에 신분증 등록을 한 후 고객대기실로 올라갔다. 잠시 후 훤칠하게 생긴 이종호 과장이 반갑게 맞이해주었다.

"노무사님 안녕하세요. 저희 회사에서는 두 번째 뵙네요."

"네. 저번에 자문 계약할 때 뵙고 두 번째네요."

"네. 회의실로 가서 서류를 보고 이야기하시죠."

회의실에는 약 20명 정도가 앉을 수 있는 큰 회의용 테이블이 있었다. 김우탁 노무사와 손창호 노무사가 바깥쪽에, 이종호 과장은 안쪽에 착석했다. 미리 준비한 근로자 명부와 연차대장을 이종호 과장이 건넨다.

"노무사님, 회계연도 기준 연차가 무엇인가요? 볼 때마다 헷갈립니다. 특히 입사한 지 2년이 안 된 직원에 대한 연차일수가 왜 그렇게 산정됐는지 머리가 아픕니다."

김우탁 노무사가 해당 직원의 입사일자와 회사에서 계산한 연차일수를 확인했다.

"입사일 방식과 회계연도 방식이 혼재돼서 운영되는 것 같습니다."

"회계연도 방식이 정확히 뭔가요?"

이종호 과장은 회계연도 계산 방식에 대한 갈증이 있어 보였다.

"일단 회계연도 방식은 근로기준법 어디에서도 정한 적이 없는 실무 방식입니다. 원칙이 아니라 변칙에 가깝죠. 그럼에도 산업 현장에서 아주 많이 사용합니다."

"아, 그렇군요."

"회계연도 방식을 이해하려면 먼저 입사일 방식을 이해해야 합니다. 회계연도 방식이 어떤 식으로 운영되든지 입사일 방식보다 불리해서는 안 되거든요."

"네. 그러면 입사일 방식부터 설명 부탁드립니다."

"입사일 방식이 오리지널입니다. 즉 근로기준법에서 정한 방식이죠. 연차휴가는 원칙적으로 1년마다 발생하는 것은 아실 거예요. 이 1년이라는 게 근로자의 입사일에서 1년을 의미하거든요. 그런데 저희 회사처럼 정기 공채가 아니라 수시 채용 위주로 채용을 진행하면 직원들의 입사일자가 각양각색이겠죠?"

"네. 맞습니다."

"직원이 365명이면 이론적으로 입사일도 365개가 있을 수 있습니다. 그러면 인사담당자는 매일매일 연차휴가를 산정해야 하는데 비효율적이죠."

"아!"

"이러한 이유로 결산 회계연도기간을 연차휴가 산정을 위한 기간으로 가지고 오는데 이를 회계연도 방식이라고 합니다. 다시 입사일 방식으로 가서 원칙적인 연차휴가일수에 대해 설명해 드리겠습니다."

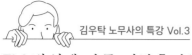
FM 방식에 따른 연차휴가는 몇 개일까?

 FM(Field Manual) 방식에 따른 연차휴가는 근로기준법에 충실한 방식을 의미한다. 이를 입사일 방식이라고 하는데 직장인의 입사일을 기준으로 근속연수 만 1년이 완성될 때 드디어 연차휴가가 발생한다. 이때 연차휴가의 개수는 15일이다.

예를 들어 2024년 1월 1일에 입사한 경우 2024년 12월 31일이 되면 근속연수 1년이 완성되며 (정확하게는 2024년 12월 31일 24시에) 이때 15일의 연차휴가가 탄생하게 된다.

　　연차휴가라는 테마에서 가장 기본적인 영역이자 핵심(core)은 단연코 연차휴가일수를 계산하는 것이다. 연차휴가는 매년 발생하는데 이를 구체적으로 설명하면 1년마다 발생하는 것이다. 우리가 만 나이를 세듯 근속연수도 만 나이가 있다. 단 연차(年次)이므로 (월령은 고려하지 않고) 연령(年齡)만 센다. 독자들에게 "만 나이가 어떻게 되시나요?"라고 누군가 물었을 때 "저는 만 20세입니다"라고 대답할 뿐 "저는 만 20세 6개월입니다"라고 대답하는 사람은 없다. 즉 연차휴가일수를 계산하기 위한 근속연수는 자연수 값만 취하면 된다(소수점[15]은 버린다).

　　근속연수는 숫자라는 의미의 n(number)이라는 기호로 쓰도록 한다. n년을 근속한 경우 연차휴가는 과연 며칠일까? 결론부터 말하면 다음 공식에 따른다.

$$Y(Year) = \frac{n}{2} + 14 \quad \text{(단, 소수점은 반올림한다)}$$

---

15) 참고로 퇴직금 산정을 위한 근속연수는 소수점까지 취한다.

식의 좌변은 연차휴가일수이며 종속변수이다. 우변은 근속연수를 의미하는 n이 독립변수로 주어져 있다. 따라서 독자들은 본인의 근속연수만 알면 된다.

본래 근로기준법에서는 근속연수 1년에 대한 연차휴가[16]를 15일로 정하고 근속연수에 따라 가산하는 연차휴가를 규정하고 있다.[17] 근속연수 1년이 완성되면 연차휴가는 15일, 2년이 완성되면 15일, 3년이 완성되면 16일, 4년이 완성되면 16일, 5년이 완성되면 17일, 6년이 완성되면 17일 등의 순서로 발생한다. 이를 표로 정리하면 다음과 같다.

근속	1년	2년	3년	4년	5년	6년	7년	8년	9년	10년	11년
연차	15일	15일	16일	16일	17일	17일	18일	18일	19일	19일	20일
근속	12년	13년	14년	15년	16년	17년	18년	19년	20년	21년	22년[18]
연차	20일	21일	21일	22일	22일	23일	23일	24일	24일	25일	25일

다만 연차휴가는 25일이 그 한도(이는 가산연차[19]의 한도가 10일임을 의미한다)임에 주의하여야 한다(물론 취업규칙[20]이나 근로계약서에서 이를 상회하는 연차휴가일수를 부여하는 것은 괜찮다).

이와 같이 연차휴가는 1년마다 발생하는데 이러한 연차휴가가 그 이름에 걸맞은 휴가이다. 이에 필자는 실무적으로 이를 일반적이라는 의미에서 「일반연차」라고 칭한다.

일반연차는 15일 이상 발생하고 근속연수에 비례하여 증가한다는 특징이 있다. 그런데 최근 직장인들의 활발한 이직에 대한 반대급부로 직장인들의

---

16) 엄밀하게 말하면 80% 이상 출근율이 담보되어야 한다. 이에 대해서는 예외연차와 비례연차에서 별도로 설명한다.

17) 이 2가지의 공통사항은 「1년 이상의 근속연수」이기 때문에 필자는 묶어서 설명한다.

18) 22년 이상 전부를 포함한다.

19) 근로기준법 제60조 제3항

20) 인사규정 등 회사의 규정을 의미한다. 보통 이를 「사규」라고 부른다.

근속연수가 예전보다 길지 않다. 필자가 공인노무사 시험에 합격했던 2003년의 분위기를 잠시 언급해보면, 그 당시에는 경력직이라고 하면 한 회사에서 최소 3년의 경력을 가지고 있음을 의미했다. 3년을 근속하지 못한 경우 끈기가 없다고 판단하여 다른 직장을 구하는 데 어려움이 있었던 때였다. 하지만 2020년대의 분위기는 이와 완전히 다르다. 필자가 느끼기에는 3년이라는 기준이 1년으로 낮아졌고, 연봉 인상 또는 워라밸 등 근무조건이 개선된다면 금세 이직하는 분위기이다.

만약 어떤 직장인이 1년하고 3개월 정도 근무하고 퇴직하였다고 하자. 1년 미만 구간에 대한 독립연차는 11개가 발생하고, 1년이 완성되는 때 일반연차가 15일이 발생한다. 이는 누적된 연차휴가일수가 26일[21]임을 의미한다. 이 숫자는 일반연차의 한도인 25일을 초과한다. 이러한 이유로 입사 후 1년~2년 사이의 연차휴가 셈법이 (장기근속자에 비해) 어렵게 느껴지는 것이다.

이러한 어려움을 해소하려면 연차휴가를 독립연차와 일반연차로 구분하여 살펴보면 된다. 총일수도 중요하지만 그 구성내역을 구분하면 어렵지 않게 분해할 수 있다.

---

21) 근속연수는 자연수 값을 취하므로 1년을 초과한 3개월에 대해서는 연차휴가가 발생하지 않는다.

연차휴가에 웬 회계연도?

 # 2022년 2월

"과장님, 회계연도 방식에 대해 설명해 드리겠습니다. 우리나라 기업은 대부분은 1월 1일부터 12월 31일을 재무제표 작성을 위한 회계연도 기간으로 삼죠. 그리고 2월까지 결산하여 3월에 주주총회를 열고 법인세를 납부하죠."

"네. 노무사님."

"돈과 관련된 여러 가지 거래를 연말, 즉 12월 31일에 정산하는 관행 아닌 관행이 있습니다. 이 관행을 연차휴가 계산에도 끌고 온 것이라서 「회계연도」 방식이라고 부릅니다."

"네. 그렇군요."

"회계연도가 1월 1일부터 12월 31일이라고 가정하고 설명을 드릴게요. 사실 입사일이 1월 1일인 경우는 거의 없죠. 그날이 신정이기도 하고 최근 채용시장은 연중 수시 채용으로 바뀌고 있으니까요."

"네."

"만약 올해 7월 1일에 입사한 직장인이 있다고 합시다. 본래 이 사람의 경우에는 내년인 2023년 6월 30일까지 근무해야 15일의 일반연차가 발생하죠."

"그렇죠."

"그런데 회사 임의대로 올해 12월 31일에 연차휴가를 계산해요. 이러한 방식은 그냥 관행이고 우리 회사 내부의 셈법일 뿐입니다."

"아, 그러면 불법인가요?"

"아니요. 그렇진 않습니다. 고용노동부 유권해석에서 인정하고 있습니다. 다만 한 가지가 전제되어야 합니다."

"그게 뭐죠?"

"입사일 방식보다 불리하지 않아야 합니다."

"아, 그러면 일일이 따져봐야 하나요?"

"노동시장에서 통용되는 방식은 다행히 그렇진 않습니다. 대부분 입사일 방식보다 유리하게 작동합니다."

"다행이군요. 그러면 우리 회사의 회계연도 방식은 어떻게 되어 있죠?"

"제가 취업규칙을 보니 가장 흔한 방식으로 설계되어 있습니다."

"네. 조금 더 구체적으로 설명해주실 수 있나요?"

"그럼요. 설명을 드릴테니 과장님은 추후 연차산정 방식을 입사일 기준으로 할지 또는 회계연도 기준으로 할지를 명확히 하고 이를 통일해야 합니다."

"네. 잘 알겠습니다."

"간혹 이러한 변경이 누군가에게는 불리하게 작용할 수 있습니다. 예를 들어 연차휴가 개수가 줄어들거나 사용 시기가 변경되는 일 등을 말하는데요. 그렇다면 취업규칙을 개정[22]해야 합니다."

"네. 큰 원칙은 이해했습니다."

---

22) 불리하게 변경되는 경우 이를 취업규칙의 불이익 변경이라고 하는데 이때는 근로자 과반수의 동의를 얻어야 한다.

회계연도 방식에 따른 연차휴가일수

위 에피소드에서 설명한 바와 같이 회계연도 방식에 따른 연차휴가일수는 입사일 방식 대비 직장인에게 「불리하지 않으면」 된다. 불리하지 않다면 어떤 방식의 설계도 용인된다. 이에 산업현장에서는 엄청나게 다양한 회계연도 방식이 설계되고 운영된다. 이를 지면에 다 담을 수는 없기에 가장 흔한 형태를 설명한다.

2022년 7월 1일에 입사한 어떤 직장인이 있다고 가정하자. 6개월이 지난 2022년 12월 31일 회사에서 일괄적으로 연차휴가를 산정한다. 만약 이 직장인이 2022년 1월 1일에 입사했다면 (연차 산정 기준일인) 2022년 12월 31일에 15일이라는 연차휴가가 발생할 것이다. 그런데 연중(年中)인 7월 1일에 입사했기 때문에 15일의 연차휴가를 전부 부여할 수는 없을 것이다. 이러한 이유로 재직기간에 「비례」하여 연차휴가를 산정하는 방식이 자연스럽게 태동하였다.

이 방식에 따르면 이 직장인의 2022년 12월 31일 기준 연차휴가는 다음과 같이 산정된다.

$$\text{어떤 직장인의 연차일수} = 15\text{일} \times \frac{6\text{개월}(7.1\text{-}12.31)}{12\text{개월}(1.1\text{-}12.31)} = \frac{182.5\text{일}}{365\text{일}} = 7.5\text{일}$$

이는 다음의 비례식을 전개한 것으로써 실무적으로는 회계연도 방식의 비례 연차[23]라고 한다.

---

23) 이와 다르게 실무상 비례연차라고 부르는 연차휴가가 있다. 이는 〈연차휴가 비례계산〉에서 설명하도록 한다.

즉 1년을 근속했을 때 연차휴가는 15일이 발생하는데 이 직장인은 6개월만 근속했기 때문에 2022년 12월 31일에 연차휴가를 비례적으로 부여함을 의미한다.

상술한 어떤 직장인이 계속해서 2023년 1월 1일부터 2023년 12월 31일까지 근속했다고 하면 이 연도(2023년)를 1년 차로 간주하여 2023년 12월 31일에 15일의 연차휴가를 부여한다. 이는 실질 입사연도 다음 해 1월 1일을 (가상의 입사일로 변형하여) 다음 해 12월 31일에 일반연차 15일을 부여함을 의미한다. 이 논리를 확대하면 2024년 12월 31일에 15일, 2025년 12월 31일에 16일의 논리로 연차휴가를 산정한다.

얼핏 보면 실질 입사연도 이듬해 1월 1일을 가상의 입사일로 설정함에 따라 근속기간에서 손해를 볼 것 같다는 느낌이 들 것이다. 하지만 입사일 방식에 따를 때 근속연수 n값은 자연수만을 취한다는 것을 다시 생각하면 꼭 그렇지는 않다. 입사 1년 차인 2022년 7월 1일부터 2022년 12월 31일은 0.5년으로써 1년 미만[24]이기에 n년으로 환산 시 버리는 값이다.

그럼에도 회계연도 방식에서는 1년 미만 구간도 비례적으로 연차휴가를 산정하여 부여한다. 이에 일반적으로 회계연도 방식이 입사일 방식보다 더 많은 연차휴가를 발생시킨다.

그렇다면 회계연도는 꼭 1월 1일부터 12월 31일까지여야 하는가? 그렇지 않다. 입사일보다 불리하지 않으면 되기 때문에 (예를 들어) 3월 1일부터 이듬해 2월 28일까지, 7월 1일부터 이듬해 6월 30일까지 또는 9월 1일부터 이듬해 8월 31일까지 등 다양한 기간을 설정할 수 있다.

이러한 회계연도 운영방식은 법에서 정한 형태가 아니기 때문에 회사 내부 규범인 근로계약서, 취업규칙, 단체협약 등에서 정한다. 별다른 특약이 없는 한 직장인에게 유리하게 산정되는 형태로 계산해야 함을 부언한다.

---

24) 독립연차는 말 그대로 따로 산정하면 되며 여기서 다루는 연차휴가는 〈일반연차와 회계연도 방식〉임에 주의하여야 한다.

나의 연차휴가수당은 얼마일까?

· 연차수당의 정확한 의미는?
· 연차수당은 언제 청구할 수 있을까?
· 연차수당을 계산하는 방법은?
· 연차수당의 소멸시효는?

연차휴가는 현물이다. 즉 돈이 아니라는 것이다. 직장인이 자유롭게 사용할 수 있는 (무형의) 현물이다. 그런데 여러 가지 이유로 연차휴가를 사용하지 못한 경우 이 현물이라는 존재가 드디어 현금으로 변신한다. 이를 연차수당, 정확하게는 미사용 연차휴가수당이라고 한다.

연차휴가는 유급이다.

#2022년 4월

벚꽃이 만개한 계절이다. 김우탁 노무사는 신촌역에서 내려 경의선 책거리로 향하고 있다.

'1년 내내 이런 날씨면 얼마나 좋을까?'

거래처이자 꽤 규모가 되는 세무법인 대표 허대일을 만나러 가고 있다. 사회생활을 하다가 만난 사이라서 동갑임에도 아직도 서로 존대를 한다. 아마 10대나 20대 때 만났다면 꽤 친해졌을 것 같은 스타일이다.

이틀 전 허대일 세무사가 김우탁 노무사에게 전화를 했다.

"노무사님 잘 지내시죠?"

"네. 안녕하세요. 덕분에 별일 없습니다. 세무사님이 직접 전화를 주시고 어쩐 일입니까?"

"직원 문제로 머리가 좀 아픈데 겸사겸사 얼굴도 좀 뵙고 식사도 하시지요?"

"네. 늘 보던 곳에서 보면 되겠습니까?"

김우탁 노무사는 1998년 상병 휴가를 나왔을 때 동네 친구가 데리고 간 곳인 마포소금구이로 향하고 있다. 한결같이 소금구이를 맛있게 파는 집이다. 복학을 하고 학교를 다닐 때도 학교 근처라서 종종 갔다. 대학 졸업 후 노무사 시험 공부를 할 때도 스터디 멤버들과 종종 가곤 했다. 뿐만 아니라 노무사 생활을 시작하고도 주말이면 동네 친구들과 모이던 곳이다. 지금은 다들 각자의 삶을 살고 있고 이 동네를 떠났기에 이곳에서 만나진 않는다. 하지만 홍대입구에 사무실을 얻으면서 사무실 식구들과 종종 다시 오게 되었다. 그리고 사회에서 만난 친구이지만 마음 트고 이야기할 수 있는 허대일 세무사 같은 사람과도 가끔 오곤 한다.

본래 이곳은 외진 곳이었다. 책거리가 되기 전에는 화물열차가 지나던, 인적이 드문 곳이었다. 신촌과 홍대 사이라는 최적의 입지임에도 지상으로 지나는 기찻길로 인해 동선이 막힌 곳이었다. 그러다 2012년 12월 가좌역과 공덕역 구간이 지하로 연결 개통되면서 지상은 그야말로 화려한 공원이 되었다. 덕분에 이 기찻길을 따라 연트럴 파크도 생겨났다.

마포소금구이는 5시에 오픈하는데 6시가 되면 만석이다. 둘은 5시 30분에 약속을 잡았다. 김우탁 노무사는 10분 전에 도착해서 주문을 먼저 하고, 휴대폰으로 업무 카톡을 보고 있다. 여닫이문이 열리면서 허대일 세무사가 들어온다.

"어이, 안녕하십니까?"

"하하. 세무사님 여전하시네요. 늘 먹던 것으로 시켰습니다. 뭔가 근심이 있군요?"

"네. 직원 문제로 머리가 아픕니다."

"금강산도 식후경 아닙니까? 일단 소금구이에 소주 각 일병 하면서 이야기하시지요."

둘은 소금구이 4인분을 거뜬히 해치웠다.

"노무사님 슬슬 본론을 이야기하겠습니다."

"네. 자유 발언해보시지요."

"2가지 현안이 있습니다. 에이스였던 직원이 친구들과 모임 중 옆 테이블 사람들과 싸운 일이 있었습니다."

"아, 많이 다치셨나요?"

"다행히 많이 다치진 않았습니다. 본인 말로는 싸움을 말리다가 넘어지면서 그렇게 되었다고 하더라고요. 그런데 더 큰 문제는 사회봉사 명령이 떨어졌는데 앞으로 20일 동안 출근을 못한다고 합니다. 곧 종소세 시즌인데요."

"난감하시겠어요. 다른 한 가지는요?"

"얼마 전에 새롭게 입사한 직원이 있는데요. 남자예요. 와이프가 출산했다고 배우자 출산휴가[25]를 달라고 하던데요. 이 휴가는 꼭 줘야 합니까?"

"얼마 전에 입사했다면 다른 직장에 있을 때 또는 구직 중에 2세가 태어난 것인가요?"

"그건 잘 모르겠습니다."

---

25) 배우자 출산휴가는 STEP 6에서 상세히 다룰 예정이다.

"일단 이전에 배우자 출산휴가를 사용했다면 세무사님네 사무실에서 보장할 필요는 없습니다."

"네. 알아보겠습니다. 만약 다른 곳에서 썼다면요?"

"그럼, 우리 회사에서는 무급휴가로 주면 됩니다. 월급에서 차감 가능하다는 의미입니다."

"아하, 그렇군요. 두 번째 문제는 해결된 듯합니다. 만약 첫 번째 직원이 20일 동안 못 나오면 월급은 어떻게 해야 하나요? 종소세 업무 차질은 그렇다 치고요."

"그 직원분 근속이 몇 년이죠?"

"10년 정도 됐습니다."

"아, 정말로 에이스군요. 오랫동안 근무했군요."

"강산이 한번 바뀌었죠. 개국공신이기도 하고요."

"네. 일단 법대로 말씀드릴게요. 그분이 싸움을 말리다가 형사사건에 휘말린 건 안타까운 일입니다. 그러나 그 일은 회사 사정이 아닌 그분 개인의 사정입니다. 멋진 말로 근로자 귀책사유라고 합니다. 따라서 그분이 출근을 안 하게 되면, 아니 못하게 되겠죠."

"네."

"그러면 그냥 무급입니다. 결근으로 처리되고 그만큼 월급을 깎게 됩니다."

"완충할 수 있는 방안은 없나요?"

"음, 그렇다면 연차휴가를 합의 하에 사용하는 것으로 처리하세요. 그분이 만 10년 근속했다고 하면 연차휴가는 19일이 있습니다. 20일 정도 결근할 예정인데 사회봉사 활동은 평일에만 한다고 하던가요?"

"그건 저도 모르겠습니다. 한번 물어보겠습니다. 평일과 주말이 뭐가 다른 건가요?"

"연차휴가는 평일[26]에 사용합니다. 주말은 원래 그분이 쉬는 날이니 주말에 사회봉사를 하든 개인 여가활동을 하든 그분의 자유니까요."

"그러면 그 직원의 월급을 보전해줄 수 있나요?"

"뭐, 일단 평일에 봉사해야 하는 날이 15일이라고 해볼게요. 본래 이날들은 무급으로써 임금을 삭감해야 하는 날입니다. 그런데 연차휴가를 사용하는 것으로 합의한다면 임금을 온전히 보전할 수 있습니다."

"휴가를 갔는데도 임금이 보전되나요?"

"저도 한때 유급(有給)이라는 의미를 제대로 이해하지 못했던 적이 있습니다. 유급은 일을 하지 않아도 그냥 돈을 주는 것이라고 생각하시면 됩니다. 연차휴가의 공식명칭은 연차유급휴가입니다."

---

26) 정확하게는 소정근로일에 사용한다.

068

연차휴가 생활 백서

유급(有給)이란 무엇일까?

일을 하지 않았는데 돈을 받는다? 필자도 21년 전 노무사 공부를 할 때 얼핏 이해가 가지 않는 대목이었다. 그 당시 필자는 대학을 갓 졸업한 신출내기였고 사회생활의 「사」자도 모르던 시절이었다. 노동은 고되다. 고된 노동 뒤에 후불 성격으로 「쉬더라도 그냥 월급을 주는」 유급휴가가 있다. 그 대표적인 것이 연차(유급)휴가이다.

이 책에서 가장 비중 있게 다루는 연차휴가는 연차「유급」휴가이다. 그날에 일하지 않아도 임금을 지급하는 것이다. 이에 「유급」이라는 단어를 면밀하게 살펴보도록 한다.

직관적으로 생각했을 때 「내가 일을 하지 않았는데도 돈을 받는다」라는 사실은 어떤 대가를 공짜로 얻는 느낌이다. 필자가 공짜라고 표현한 것은 직장인의 노동을 과소평가하는 것이 아니다. 그 느낌을 기억했을 때, 나는 아무것도 하지 않는데 「플러스 알파」로 얻는 느낌을 기억했으면 하는 의도로 공짜라는 단어를 사용했다. 그것이 유급(有給)이다.

그렇다면 모든 직장인이 연차휴가를 사용했을 때 플러스 알파, 즉 월급에 플러스 알파로써 특정 금원(연차수당)을 (추가적으로) 받는가? 이 부분은 임금의 선불과 후불이라는 측면에서 살펴봐야 한다. 노동의 대가인 임금에서 선불과 후불이 있다고? 무슨 말인가 하는 생각이 들 것이다.

월급을 받는 직장인부터 살펴보자. 1주 40시간을 일하는 직장인의 기본급에는 40시간이라는 진짜 노동의 대가뿐만 아니라 주휴수당이라고 하는 법정수당까지 포함되어 있다. 이를 한마디로 표현하면 「이 직장인은 결근을 하지 않을 것이고 당연히 개근할 것」을 의미한다. 더 쉽게 설명하면 회사가 직장인에게 매일매일 근로의 대가를 「미리」 지급했다는 것이다.

미리 지급했다는 점에 착안했을 때 이 직장인이 평일에 연차휴가를 사용했다고 하자. 연차휴가를 가면 일을 하지 않아도 돈을 줘야 한다. 그런데 그 돈을 회사는 미리 지급했기 때문에 「유급」[27]이라는 지점은 이미 충족된 것이다. 그리고 휴가도 줬다. 이로써 연차+유급+휴가라는 3가지 조건이 다 종결된다. 따라서 월급을 받는 직장인에게 「추가적」인 연차수당[28]은 발생하지 않는다.

시급제(또는 일급제) 직장인은 상황이 약간 다르다. 아니, 많이 다르다. 시급제(일급제) 직장인은 장래에 발생할 시급(또는 일급)을 미리 받은 적이 없다. 즉 후불 정산이다. 이에 어떤 평일에 연차휴가를 쓴 경우 그 유급에 대한 몫도 후불 정산된다. 만약 1일 8시간을 일하는 시급제 직장인은 그 8시간 분이 유급으로 보장된다. 물론 이는 기본급으로 체크될 것인데, 일을 하지 않아도 출근한 것으로 간주되어 보장받는다. 다시 강조하건대 회사가 미리 지급하지 않았기 때문에 (월초 시점을 기준으로) 「추가적」인 지출[29]이 발생하는 것이다.

정리하면 다음과 같다.

1. 월급제 직장인이 연차휴가를 사용했을 때 월급 그 자체를 삭감하지 않고 100% 수준을 온전하게 지급하는 것이 유급이다.

2. 시급제(또는 일급제) 직장인이 연차휴가를 사용했을 때 그날 근무했을 때 받을 수 있는 임금을 연차수당(물론 기본급에 내재된다)으로 받는다. 이는 미리 계산된 급여가 아니므로 추가지출로 나타난다.

---

27) 이러한 유급수당에 대해 근로기준법에서 통상임금 또는 평균임금을 기준으로 지급해야 한다고 규정하고 있다. 월 단위 통상임금(예를 들어 기본급)을 그대로 지급하면 이 조건은 충족된다. 그리고 이 유급수당은 기본급에 내재되어 지급된다. 즉 기본급을 감액하지 않으면 그 자체로 (월급제의 경우) 유급이다.
28) 이 부분에서 연차수당을 따로 받은 경험이 있는 독자가 있다면 후술할 〈미사용 연차수당〉을 받은 것이다.
29) 이러한 경우에도 일급으로 환산한 통상임금을 기준으로 연차수당이 산정되며 이는 기본급에 포함되어 지급된다.

EPISODE 6.
연차휴가의 유통기한은 1년이다.

#2023년 7월

　장마가 끝나고 본격적인 더위가 시작되었다. 그늘진 곳에 있어도 땀이 줄줄 흐른다. 이제 본격적인 여름휴가 시즌이다. 조수민 노무사는 퇴근 후 절친 효주를 만나러 가고 있다. 효주가 취업한 지 곧 2년이 다 되어 간다. 첫 3개월 동안 회사를 때려치운다고 100번 넘게 노래를 불렀는데 2년을 버틴 스스로가 대견하다며 대학로에서 밥을 쏜단다.

　마침 수민이는 인사동 근처에서 상담이 있었다. 화성 소재 자문사 소속 과장이 억울하게 해고를 당해서 구제신청 절차를 안내하였다. 2023년 5월 말에 해고되었으니 8월 29일 이전까지 노동위원회에 신청해야 함을 특히 강조하고 왔다. 월평균 보수가 300만 원 미만이면 국선노무사를 선임하여 무료로 진행할 수 있는데 이종호 과장은 월급이 500만 원이라 직접 수임을 해야 하는 상황이다.

　"과장님, 정말로 부당해고 구제신청을 할 생각이신가요?"

　"네. 물론이죠. 그냥 넘어가기엔 자존심이 허락하지 않네요."

　"네. 그 이사님 때문이죠?"

　"네. 짐작하는 대로요."

　"대기업 출신이라고 했죠?"

"네. 대기업 출신 그 자체는 저도 인정합니다. 하지만 대표의 처남이기도 하죠."

"네."

"입사하자마자 점령군처럼 기존 노무법인과 세무법인 등 고정 거래처를 다 잘랐죠. 비용 절감이라는 전리품을 얻기 위해서요. 부하직원의 고충은 아랑곳하지 않고요."

"네. 저희 법인도 1년도 안 돼서 자문 컨설팅이 종료됐죠."

"위약금은 청구하셨나요?"

"네. 저희 대표님이 청구하신 것으로 알아요. 근데 부당해고 구제신청은 제척기간[30]이 3개월이에요."

"네. 알고 있습니다."

"과장님이 5월 30일 자로 해고 통보를 받았으니 넉넉잡고 8월 20일까지는 신청 여부를 결정해주세요. 논리 전개는 그다음에 이야기해도 됩니다."

조수민 노무사와 이종호 과장은 인사동 전통 카페에서 마주 앉아 그동안 회사에 어떤 일이 있었는지, 어떤 근거로 해고까지 집행했는지를 시간 순서대로 정리하였다.

"과장님 여름 휴가 잘 다녀오시고, 이후에 결심이 서면 다시 연락 주세요."

---

30) 어떤 종류의 권리에 일정한 존속기간을 정하여 그 기간의 경과로 권리를 소멸시키는 제도이다.

조수민 노무사는 인사동에서 대학로까지 걸어갈까 하다가 날씨가 너무 더워서 버스를 타기로 했다. 안국역 앞에 있는 종로경찰서 버스정류장으로 걸어갔다. 인사동 거리답게 외국인이 우리나라의 다양한 전통 찻잔과 도자기를 구경하는 모습이 눈에 띈다. 참으로 한적하고 평화로운 모습이다. 어릴 때는 안국역부터 대학로까지가 굉장히 멀게 느껴졌던 것 같은데 버스를 타니 시원한 에어컨 바람에 땀이 식으며 기분이 더 좋아진다. 경복궁의 이궁으로 사용된 창덕궁, 태종을 위한 수강궁을 확장하여 만든 창경궁, 조선의 왕과 왕비를 모시고 제사를 지내는 국가 사당인 종묘를 차례대로 지난다. 천만 이상이 사는 도시에 고전적인 모습과 현대적인 건물이 조화롭게 위치하고 있다. 뒤로 보이는 북한산도 멋있다.

외근 후 바로 퇴근해서 효주를 만날 시간까지는 꽤 여유가 있다. 효주는 최근 대세인 인공지능 관련 IT 회사에 다닌다. 재택근무를 자주 사용할 수 있다는 장점에 호기롭게 입사했지만 코로나 19가 종식되면서 오프라인 근무로 전환되었다. 효주는 취업 사기 아니냐며 불평불만을 늘어놨지만 컴퓨터 공학도로서 이만한 직장도 없다며 타협을 했다. 대학로 로터리까지 가지 않고 조수민 노무사의 모교인 서울여자대학교 대학로 캠퍼스에서 내렸다. 오랜만에 건물을 둘러보고 알라딘 중고서점에서 책 구경을 했다. 약속 시간이 다 돼서 혜화역 4번 출구로 갔다.

"수민아. 롱타임 노씨!!"

"뭘 2주 전에 만났는데~"

"예전엔 2~3일 간격으로 봤잖아. 하긴 그때가 언제냐. 학생이니까 가능했지. 그때는 시간은 많은데 돈은 없고. 지금은 돈은 좀 있는데 시간이 없네."

"다 그런 거지 뭐."

"노무사 일은 할 만해?"

"아직은 경험 중이지. 시행착오를 하면서 사수들에게 도제식으로 배워."

둘은 소극장이 많이 위치하고 있는 마로니에 공원 쪽으로 가서 찜닭을 먹고 추울 정도로 시원한 카페를 골라서 들어왔다.

"수민아. 우리 올해 여름 휴가 계획 세워야지?"

"그럼. 이번에는 일본 어떠니? 작년에는 대만 다녀왔으니까."

"일본? 동경은 물가가 비싸다던데."

"오사카 쪽으로 알아보고 있어. 일본 제2도시이기도 하고 한국인도 많고 인천공항에서 1시간 30분이면 간다고 하더라고."

"그래. 그런데 수민이 너는 연차휴가 자유롭게 쓸 수 있어?"

"휴가에 대해서는 자유로운 편이야."

"오호 그럼 다행이네. 근데 연차휴가는 기간 제한 없이 쓸 수 있는 거니?"

"그러면 얼마나 좋겠니? 그런데 연차휴가는 사용기한이 1년이야. 연(年)차잖아. 물론 회사 잘못[31]으로 사용하지 못하면 1년이라는 유통기한은 뒤로 밀리지."

"그래? 내가 곧 입사한 지 2년이 돼 가는데 여름휴가로 5일을 써도 며칠 남는 거 같던데."

"너희 회사는 입사일자 기준으로 각개격파하는 방식이니?"

"응. 개발회사라 근로자 수가 소수정예야. 20명 정도라서 각자 입사일 기준으로 연차휴가를 배정하더라고."

"인원이 많지 않으면 그게 더 속 편하지. 그러면 효주 너는 15일의 연차휴가가 작년에 생긴 거고, 2년이 되는 날인 다음 달 10일까지 써야겠네."

"회사에서 보장하는 여름휴가 2일[32]에, 연차휴가 3일 붙여서 5일을 여름 휴가로 쓸 생각이야. 근데 그 15일을 하루도 못 썼는데 그러면 12일 남는 거 맞지?"

"빙고"

"그럼 저 12일은 영원히 아웃인가?"

"당연히 아니지."

"그럼?"

"돈으로 펑 하고 바뀌지!!"

---

31) 이를 사용자의 귀책사유라고 한다. 회사 사정으로 휴업하는 경우가 가장 대표적이다.
32) 이러한 휴가를 약정휴가라고 한다. 회사 사규인 취업규칙에 자체적으로 규정한다.

연차휴가의 사용기한

현물로 주어지는 연차유급휴가는 근로자가 자유롭게 사용할 수 있다. 위에피소드에서 제시한 것처럼 여름휴가로 사용해도 되고 자기개발을 위해 그냥 쉬어도 된다. 그런데 사용기한은 원칙적으로 딱 1년이다. 이 1년이 지나면 연차휴가 사용권은 소멸한다.

2022년 1월 1일에 입사한 직장인의 경우 2022년 12월 31일 24시에 일반 연차휴가 15일이 발생한다는 점은 이미 설명하였다. 첫 번째 일반연차 15일 은 2023년 1월 1일부터 2023년 12월 31일까지 사용할 수 있다. 연차(年次)라 는 이름에 걸맞게 유통기한이 딱 1년임[33]을 의미한다. 다만 이는 일반연차에 해당하는 유통기한이고 독립연차의 경우 입사일로부터 1년임에 주의하여야 한다.

그런데 직장인이 연차휴가를 사용하고 싶음에도 불구하고 회사 사정에 따른 휴업[34]으로 인해 연차휴가 사용을 물리적으로 할 수 없는 상황이라면 1년이라는 소멸시효(유통기한)는 중단된다. 즉 현물로서의 연차휴가는 살아 있게 되는 셈이다.[35]

회사 사정으로 연차휴가라는 현물이 소멸하지 않는 경우 외에 회사와 직 장인이 자율적인 합의로써 연차휴가를 소멸시키지 않고 이월시킬 수도 있다. 다만 회사가 이월사용을 강제할 수는 없고 반드시 합의라는 절차가 필요하다.

---

33) 근로기준법 제60조 제7항
34) 휴업이라 함은 회사 사정에 의해 근로자가 강제로 쉬는 상황을 의미한다. 상시 근로자 수 5인 이상 사업장의 경우 휴업수당을 지급해야 하며, 휴업수당은 통상임금의 100% 또는 평균임금 의 70%를 지급한다.
35) 근로기준법 제60조 제7항 단서

최근에 연차 사용 형태가 다양해지고 있는데 그 대표적인 것이 반차(半次) 제도이다. 반차 제도도 근로기준법에서 정하고 있는 건 아니다. 하지만 고용노동부 유권해석에서도 연차휴가의「시간 단위 사용」을 인정하고 있다. 반차 사용이라고 해서 4시간 단위를 고집할 필요는 없다.「9 to 6」라는 근로시간의 경우 오전 3시간, 오후 5시간으로 근로시간이 구분된다. 이에 오전만 근무하고 퇴근하면 5시간의 연차를, 오후만 근무하는 경우 (늦게 출근하여 일을 하지 않은 오전) 3시간의 연차를 사용한 것으로 처리할 수 있다.

　　그렇다면 이러한 시간 단위의 연차 사용은 어떤 시간에서 차감해야 하는 것일까? 1일 8시간, 주5일, 주 40시간을 일하는 직장인으로서 일반연차 15일을 기준으로 설명한다. 이 경우 연차휴가일수가 아닌 연차휴가「시간」으로 환산하면 120시간(=15일×8시간/일)이 된다. 연차환산시간인 120시간에서 8시간씩 균등하게 연차휴가를 사용하면 15일의 연차휴가일수로 다시 환산된다. 그런데 3시간 또는 5시간의 반차 형태로 사용하면 120시간에서 차감하는 방식으로 연차휴가를 시간 단위로 사용하는 것이다(시간 단위 사용은 STEP4에서 상세히 설명한다).

　　정리하면 1일 단위로 연차휴가를 사용하든 시간 단위로 연차휴가를 사용하든 원칙적으로 사용기한은 1년이다.

현물에서 현금으로 변신!
미사용 연차휴가수당의 탄생

#2023년 7월

"효주 씨 이번 달 말까지 신청한 연차가 3개밖에 안되네요."

회사 총무과 직원이 남은 연차일수를 체크하고 있다.

"맞아요. 회사에서 보장하는 여름 휴가 2일에 연차 3일을 붙였어요."

"네. 어디 좋은 곳으로 가시나요?"

"일본 오사카로 갈 예정인데, 시즌이라 공항에 사람들이 엄청 붐빌 것 같아요."

"오우! 거기 맛집 많다던데요. 야키니쿠가 특히 맛있대요."

"좋은 정보 감사해요. 그런데, 연차수당 관련해서 하나 물어봐도 될까요?"

"네. 물론이죠."

"제가 재작년 8월 3일 입사자니까 올해 8월 2일 24시에 연차휴가 사용기한은 끝나는데요. 남은 연차 12일은 돈으로 바뀐다고 하던데요."

"네. 그 부분 때문에 연차 체크 중이에요. 효주 씨는 다음 달 3일에 12일의 연차휴가가 연차수당으로 바뀔 예정입니다. 8월 귀속분 임금이어서 정기 급여지급일인 9월 10일에 보너스처럼 지급될 거예요. 물론 8월 10일이 정기지급일이라는 의견도 있는데요. 급여 정산에 시간이 소요돼서 양해 바랍니다."

"아하. 알겠습니다. 그래도 공돈 생긴 느낌이네요. 그럼 얼마 정도 받을 수 있는 거죠?"

"네. 제가 알기로는 연차휴가를 청구할 수 있는 마지막 달, 그러니까 효주 씨는 올해 8월이겠죠? 다음 달 기본급[36]을 기준으로 계산해서 드릴 예정입니다."

"12일분이면 대략 기본급의 40~50% 정도 되겠네요. 감사합니다."

#2024년 5월

계절의 여왕 5월이다. 가정의 달이기도 하다. 5월 5일 어린이날, 5월 8일 어버이날, 5월 15일 스승의 날, 5월 21일 부부의 날. 현실적으로 돈이 많이 들어가는 달이다. 결혼한 사람은 탈탈 털리는 달이다. 돈만 많으면 무엇인들 못하리오.

김석민 차장의 한숨이 깊어진다. 청운의 꿈을 품고 대학에 갔을 그 당시는 말 그대로 청춘이었다. 수업도 빼먹고 술 먹고 연애만 한다 한들 누구도 그를 비난하지 않았다. 스스로 술을 잘 먹는다고 생

---

36) 본래는 통상임금인데 독자들의 이해를 위해 기본급이라고 표기하였다.

각했다. 하지만 그것도 지나고 보니 다음 날 푹 잘 수 있는 환경이 뒷받침되었던 탓이었다. 크게 착각했다. 40대 중반이 되고 나니 왜 그 당시 어른들이 공부에는 때가 있는 거라고, 청춘은 금방 간다고 한 건지 뼈저리게 깨닫고 있다. 청춘의 춘(春)은 봄 춘 자가 아니던가? 추운 겨울을 지나 오랜 기다림 후에 봄이 오지만, 봄은 오래 머물지 않는, 금방 가버리는 존재였다.

올해 한국 나이로 45살이니 철강을 가공하는 제조업체에 취업한 지도 어느덧 17년 차이다. 생산 1팀 엔지니어로 차장 직함을 달고 나름대로 열심히 일했다. 통솔하는 부하직원이 30명 정도 된다. 부장님은 김석민 차장보다 16살이나 많은 대선배다. 김훈 부장. 올해 정년퇴직을 앞두고 있는데 아부를 못하는 성격이라 임원까지 올라가진 못했다. 하지만 후배들에게 존경을 받고 있는 분이다.

"김 차장. 갑자기 생산 1팀에서 연차수당 이야기가 왜 나오지?"

"네 부장님. 머리 아프네요. 사실 별것 아닌 줄 알았는데요. 노무사에게 자문을 구해보니 이게 집단 사건이 될 수도 있다네요."

"좀 더 구체적으로 설명해주라."

"발단은 이렇습니다. 우리 회사는 원자재 수급 상황에 따라 비수기일 때가 있잖아요. 브라질 쪽 겨울이 철광석 가동률이 떨어져서 여름이 좀 한가하죠."

"그래. 그건 뭐 우리 회사 사람이면 다 아는 거 아닌가?"

"네. 그래서 말인데요. 7월부터 8월이 생산물량이 자연스럽게 떨어져서 연차휴가 산정을 매년 9월 1일부터 다음 해 8월 31일로 정하고 있다고 합니다."

"응."

"이에 맞춰서 7월, 8월에 남은 연차를 사용할 것을 집중적으로 홍보했죠. 인사팀에서 1차 고지하고 팀별로 차장급 관리자가 이를 전달하는 방식으로요."

"그게 무슨 문제라는 거지?"

"저도 왜 그런가 했는데 그냥 말로 고지[37]하는 것은 효력이 없다고 합니다. 더 큰 문제는 7~8월에 쉬지 않고 출근한 사람들이 대부분이라는 거죠."

"허허. 이런. 그래서 연차수당을 청구한다 이거지?"

"네. 맞습니다."

"자문 노무사도 줘야 한다고 했다는 거지?"

"네."

"흠. 법이 그렇다면 줘야겠지. 근데 인사팀에서 괜히 우리에게 책임을 넘기지 않을까 하는데."

"뭐 우리가 인사담당자도 아닌데요. 근데 금액이 생각보다 큰가봐요. 적당히 합의 보려고 하는 것 같은데, 그 합의자 역할을 우리에게 맡기지 않을까 합니다."

---

37) 이를 사용촉진이라고 하는데, 이에 대해서는 〈연차휴가 사용촉진〉 주제로 후술할 예정이다.

"그건 앞으로의 일이고. 그런데 왜 인사팀에서는 그렇게 일을 대충 했대?"

"대충 들어보니, 예전에 있었던 인사팀장이 미온적으로 대처했나 봐요. 이미 그분은 퇴사했으니 연락도 안 될 것이고요."

"월급을 받으면 그에 상응하는 일을 해야지. 일을 저렇게 개판으로 하고 말이야, 무책임한 친구가 여럿 피곤하게 만드네. 일단 팀원들하고 김 차장이 터놓고 이야기해 봐."

"네. 알겠습니다."

다크호스, 미사용 연차휴가수당과 퇴직연차수당

연차휴가라는 현물은 사용기한 1년이 지나면 그다음 날 현금으로 바뀌는데 이 현금의 공식 명칭은 「미사용 연차휴가수당」이다. 흥미로운 점은 근로기준법에는 이 미사용 수당에 대한 직접적인 명확한 규정이 없다는 것이다. 하지만 고용노동부와 법원에서 이를 적극적으로 인정하고 있다.

연차휴가는 수열(數列)이다. 숫자의 나열이라는 것이다. 단순히 숫자만 나열된다면 어렵지 않다. 그런데 시점별로 현물(연차휴가)과 현금(연차수당)이 혼재되어 있다. 연차휴가도 사람처럼 생년월일이 있다. 태어난 날이 특정된다는 점에서 그렇다.

위 에피소드와 같이 2021년 8월 3일에 입사한 직장인의 경우 2022년 8월 2일에 첫 번째 일반연차가 태어나고, 이를 2022년 8월 3일부터 2023년 8월 2일까지 사용해야 한다. 그런데 2023년 8월 2일이 되었음에도 사용하지 않고 남은 연차(이를 실무적으로 잔여 연차라고 한다)는 2023년 8월 3일부로 수당으로 전환된다. 직장인들이 연차수당이라고 부르는 것이 바로 이것이다.

연차수당은 직장인들에게는 축복이지만, 회사 입장에서는 부담이다. 예를 들어 20일의 연차수당을 계산한다고 하면 (월의 일수가 30일이라고 하면) 외견상 월급의 2/3 수준으로 보인다. 하지만 직장인들이 받은 임금은 30일분이 아니다. 주 5일 근무제에서 직장인들이 쉬는 토요일은 무급(無給)이다. 30일 중 최소 4일은 무급인 셈이다. 따라서 26일 정도 유급일자가 모여서 월급을 구성한다. 이러한 이유로 20일의 연차수당은 사실상 월급 대비 76%(=20일÷26일)에 육박하는 수준인 것이다.

연차수당은 직장인의 기본급(정확하게는 통상임금)을 일급으로 환산[38]하여 계산한다. 일반적으로 근속연수가 큰 사람일수록 연차휴가일수도 많고 기본급이 높기 때문에 연차수당의 금액이 커지게 된다.

연차수당의 발생을 막으려면 미(未)사용을 사용으로 바꾸는 방법밖에 없다. 이러한 이유로 최근에는 많은 회사가 연차휴가 사용을 장려하는 분위기다. 물론 서비스업종이나 자영업자 노동시장의 경우 가동일수 저하 때문에 연차휴가 사용률이 높지 않은 경우도 있다.

지금까지 서술한 내용은 직장인의 계속 근로를 가정한 것이다. 반대로 직장인이 퇴직을 한 경우에도 미사용 연차휴가수당을 받을 수 있을까? 90% 이상의 확률로「그렇다」가 정답이다.

필자가 10% 낮춘 이유는「365일 rule」때문이다. 365일 rule은 마지막 연차산정기간의 재직일수와 관련된 rule[39]이다. 구체적인 예를 들어보겠다.

어떤 직장인이 2022년 1월 1일에 입사하고 2023년 12월 31일까지 최종 근무 후 퇴사하였다고 가정한다. 2022년 12월 31일 24시에 첫 번째 일반연차 15일이 태어났다. 이 연차휴가를 2023년에 다 사용했다고 가정[40]한다.

그런데 2023년 12월 31일 24시에 두 번째 일반연차 15일이 또 태어났다. 동시에 직장인은 12월 31일에 최종 근무를 했다. 직장인이 퇴직한 경우 그 시점에 존재하던 연차휴가라는 현물은 즉시 미사용 연차휴가수당이라는 현물로 바뀌는 것이 원칙이다(이를 실무적으로「퇴직연차수당[41]」이라고 한다). 그러면 이 둘째 일반연차 15일도 현금으로 바뀔까? 이때 판별식 역할을 하는 것이 365일 rule[42]이다. 2023년 1월 1일부터 2023년 12월 31일의 일수는 딱 365일이다. 이는 366일째 (2024년 1월 1일)에 직장인이 회사에 없다는 것이

---

38) 1주 40시간 근로자의 경우 기본급을 209시간으로 나누고 여기에 8시간을 곱하면 일급통상임금이 산출된다. 본 내용은 이 책의 범위에서 벗어날 뿐더러 직접적인 주제가 아니므로 자세한 설명은 생략한다.

39) 2021년 10월 대법원 판결에 따른 법리인데, 독자들이 기억하게끔 rule이라는 용어를 쓴다.

40) 연차휴가 시점별로 계속 발생하기 때문에 첫 번째 일반연차는 논의에서 제외하려는 가정이다.

41) 퇴직이라는 용어가 들어갔을 뿐, 본질적으로는 미사용 연차휴가수당이다.

42) 윤달로 인한 366일도 365일로 본다. 즉 딱 1년이 되는 날들을 의미한다.

다. 회사에 없기 때문에 연차휴가(둘째 일반연차 15일)를 쓸 수 없다. 쓸 수 없는 휴가를 연차수당으로 변신시키지 않는다. 이것이 「365일 rule」이다.

만약 이 직장인이 2024년 1월 1일에 최종 근무하고 퇴직한 경우에는 어떻게 될까? 그때는 366일 이상이라는 요건을 충족하므로 15일의 (둘째) 일반연차는 전부 퇴직연차수당으로 환가(換價)된다. 이 1일의 차이가 이렇게 큰 차이를 낳는 것이다.

지금까지 설명한 논리를 독립연차에도 확대 적용할 수 있다. 어떤 직장인이 2024년 4월 1일에 입사, 2024년 4월 30일에 최종 근무 후 퇴사했다면 1일의 독립연차[43]가 퇴직연차수당으로 전환되지 않는다. 이와 다르게 2024년 5월 1일까지 최종 근무했다면 +1의 차이로 1일분의 퇴직연차수당이 발생한다.

경제 주체인 직장인과 회사 간 돈 싸움은 당연히 치열하다. 안 주려는 자와 더 받으려는 자의 싸움이다. 이는 당연한 것이다. 특히 퇴직연차수당 영역에서 필자는 이러한 싸움 아닌 싸움을 많이 보았다. 이 경우 양 당사자의 감정을 배제한 채 365일 rule에 따라 결정하면 될 것이다.

---

43) 1개월 개근을 가정한다.

밀린 연차휴가수당을 전부 다 청구할 수 있을까?

#2024년 6월

여름의 문턱이다. 김석민 차장은 김재훈 부장과 단둘이 리조트에 놀러 왔다. 오랜만에 연차휴가 이틀을 냈다. 김재훈 부장은 9월 생인데 회사에서 하반기 출생자는 12월 31일 자로 정년퇴직 처리를 하는 관계로 올해 말에 퇴직을 앞두고 있다. 퇴직 전에 김재훈 부장은 고급 세단을 구매했다. 퇴직하면 수입이 급감할 것이 뻔하기에 지금이 차 교체의 적기였다.

"부장님 차 좋은데요? 조용히 잘 나가네요."

"그럼! 그동안 술 먹고 싶은 것, 옷 사고 싶은 것 다 참으면서 모은 돈으로 산 차야."

"나중에 더 좋은 차로 또 사시면 되죠!"

"김 차장. 내가 정년퇴직하고 잘 나가봤자 얼마나 잘 나가겠는가? 60세에 은퇴하고 촉탁직으로 재고용이 되지 않는 한 내 생애의 마지막 차까지는 아니더라도 아마 마지막 고급 세단이 될 것 같아."

"100세 시대라고 하잖아요. 너무 우울해하지 마세요. 부장님답지 않습니다."

"그래도 이번에 희봉이가 취업을 해서 한숨 돌렸어. 뭔 놈의 취업 준비가 1년 넘게 걸리는지 참."

"1년이면 양반이죠. 저도 그 정도 걸렸어요."

"나 때는 골라서 취업했는데. 격세지감을 느낀다. 연차휴가를 쓰는 것도 얼마나 눈치가 보였는지. 지금 신입 직원들은 좋은 세상을 만난 거야."

"부장님. 라떼는 말이야 이퀄 노땅 인증입니다. 저한테만 이야기하세요. 젊은 직원들에게 이야기하면 꼰대 소리 듣기 딱 좋아요."

"말이 그렇다는 거지. 세상이 바뀐 거니 받아들여야겠지. 석민이 덕분에 안 쓰던 연차휴가도 쓰고 평일에 이렇게 여유롭게 리조트도 오고, 참 좋네. 고맙다."

"별말씀을요. 체크인 접수 마쳤으니 이제 식사하러 가시죠. 입실까지 아직 1시간 넘게 남았어요. 부장님 고급 세단 또 타시죠."

강원도 홍천에 있는 리조트는 마치 외국 어딘가에 와 있는 것 같은 느낌을 자아냈다. 한국 차들을 가리고 사진을 찍는다면 외국이라고 해도 모를 만큼 경치가 훌륭했다. 차를 타고 리조트 단지 앞에 있는 막국수 집에 갔다.

"석민아. 이 집 막국수 정말 맛있다. 면이 뚝뚝 끊기는 게 완전 진퉁이네. 수육도 죽이는구나!"

"그럼요. 오랜만에 부장님, 아니 따거와 단둘이 오붓하게 있으니 좋습니다."

"새삼스럽게 왜 그래?"

"저 신입 때 기억나세요? 완전 어리바리해서 불량품 검수도 못해서 완전 고문관 되었던 거 말이에요. 그때 형님 아니었으면 잘렸을 거예요."

"그때는 지금처럼 자본재가 완전하지 않았지. 자본재가 사람을 완전히 대체할 수도 없지만, 꼭 석민이 너의 잘못만은 아니었지."

"네. 그때 제가 29살이었으니까 형님은 45살이었네요. 딱 지금 제 나이네요. 우러러보던 선배였는데 시간이 흘러 이제는 저도 나이가 들어가고 있습니다."

"돌아보니 매 순간이 힘들었던 것 같아. 청춘 때는 청춘이 좋은지 몰랐고 그 시간이 영원할 줄 알았지. 그런데 석민이 네 나이도 아직은 좋을 때야. 뭐든지 상대적인 것 같다는 생각이 들어. 나도 올해 환갑이라는 게 믿기지 않지만 그저 지금 이 자체에 충실하고 삼시세끼 먹을 수 있음에 감사하는 것이 중요한 것 같아."

"와우. 거의 초월자 같습니다. 막걸리 한잔하시겠어요?"

"내가 다 먹을 테니 석민이 너는 참아라. 운전해야지?"

"제가요? 형님 차를요?"

"이럴 때 대리기사 역할을 좀 해야지? 좋은 차 운전도 한번 해봐. 하하"

"남에게 운전대 맡기는 것 괜찮아요?"

"석민이 너라면 괜찮아."

둘은 점심 식사 후 곤돌라를 타고 리조트 앞산 정상에 올랐다. 발 아래 있는 산의 모습이 절경이었다. 입실 문자를 받고 하산하여 숙소로 이동했다. 호텔보다 더 좋은 숙소였다. 큰 방이 2개였는데 안방 같은 방에는 퀸 침대가 있고 또 다른 방에는 싱글 침대가 2개 있었다. 김재훈 부장이 퀸 침대를 쓰기로 했고 김석민 차장은 잠시

옷가지를 풀고 정리했다. 딱딱- 하는 소리가 들려서 창문을 열어보니 유럽풍 발코니가 있고 골프장 풍경이 펼쳐진다.

"석민아, 참 팔자 좋은 사람 많구나. 나는 겨우 연차휴가 내서 온 건데 저 사람들은 일상처럼 골프를 치네."

"뭐 저 사람들도 저희처럼 인생 찬스일 수도 있죠. 형님 캔 맥주 한잔하시겠어요?"

"저녁에 먹으려고 산 건데, 벌써 한잔하게?"

"내일까지 연차휴가이고 내일은 금요일이니 편히 드시죠."

냉동실에서 꺼낸 맥주는 무척 시원했다. 둘은 약속이라도 한 듯 서로 아무 말 하지 않고 그저 한 캔을 뚝딱 해치웠다.

"석민아. 지난달에 확 불어온 바람은 어떻게 되어가니?"

"연차수당이요? 전임 인사담당자가 튄 상황이라 회사가 최종 책임을 져야죠. 회사도 인정했고요. 개판으로 운영된 게 8~9년 된 것 같더라고요. 사용촉진 절차를 위반했다고 해요."

"저런, 현재 인사담당자도 머리 아프겠네. 자기 잘못도 아닌데 남이 싸놓은 똥 치우는 느낌이겠어. 근데 8~9년치면 금액이 상당할 텐데? 우리 생산 1팀만 해도 인원이 30명인데."

"네. 그렇죠. 그런데 다행인지 불행인지 소멸시효가 3년이라네요?"

"아, 그럼 3년의 기준이 뭐지? 그리고 촉탁직으로 일하는 송명건 선배는 어떻게 되는 거지? 그 선배는 기존 이력까지 하면 근속 30년이 넘는데?"

김우탁 노무사의 특강 Vol.8

연차휴가수당의 소멸시효

우리가 연차수당이라고 부르는 「미사용 연차휴가수당」도 임금이다. 쉬운 말로는 급여이며 근로소득으로 과세된다. 하지만 근로기준법상 임금에 해당하기 때문에 임금채권의 소멸시효가 적용된다.

임금채권의 소멸시효는 3년[44]이다. 그리고 연차수당은 입사일로부터 2년이 되는 날의 다음 날에 발생한다.[45] 임금으로 전환된 이 날로부터 3년 동안 임금청구를 행사하지 않으면 소멸시효가 완성된다. 즉 민사적인 청구는 불가능하다.

만약 어떤 직장인이 2024년 12월 31일까지 근무하고 퇴사한 경우 2022년 1월 1일 이후 「환가」된 연차수당까지는 청구할 수 있다. 그런데 여기서 주의할 점이 있다. 2022년 1월 1일에 발생한 연차수당(미사용 연차휴가수당)은 2021년 1월 1일부터 1년간 사용할 수 있는 연차휴가를 대상으로 한다는 점이다.

이에 내담자가 "소멸시효가 3년이면 최근 3년 내 「발생」한 연차휴가까지만 청구할 수 있나요?"라고 물으면, 필자는 "돈 관계는 그렇습니다. 휴가라는 현물 관점에서는 4년분이라고 보시면 됩니다"라고 대답한다. 2024년 12월 31일 기준으로 이전 4년은 2021년 1월 1일부터 시작하는 것이다.

---

44) 근로기준법 제49조
45) 물론 연차휴가를 전부 다 사용한 경우와 적법한 사용촉진을 한 경우에는 남은 연차가 없을 것이다.

그리고 이미 돈으로 환가된 연차수당은 그 당시 통상임금으로 지급되었어야 했다. 그런데 지급이 되지 않은 것이다. 이를 뒤늦게 지급한다고 해서 지급 당시의 통상임금을 기준으로 산정하진 않는다. 그런데 기본급은 일반적으로 매년 조금이라도 인상된다. 뒤늦게 연차수당을 받는 것도 억울한데 과거 통상임금으로 지급한다면 뭔가 손해 보는 느낌이다. 하지만 그 당시 기본급(정확하게는 연차휴가 최종 청구권이 있는 달의 통상임금)을 기준으로 하는 것이 맞다. 대신 손해 본 느낌은 지연이자 청구를 통해 보전받을 수 있다.

지연이자는 연 20%[46]인데 연차수당을 지급해야 하는 날 기준 14일 이후부터 발생한다. 용어 자체는 이자(Interest)라고 정했지만 실질은 징벌적 손해배상액이다. 만약 300만 원의 연차수당을 1년간 미지급한 상황이라면 300만 원의 20%에 해당하는 60만 원의 지연이자가 발생한다.

---

46) 근로기준법 시행령 제17조

연차휴가일수가 달라질 수 있다.

- 예외적인 연차는 무엇일까?
- 출근율 80%의 기준은?
- 육아휴직을 사용했는데 연차휴가는 어떻게 조정될까?
- 파업을 개시했는데 연차휴가일수는?

지금까지 설명한 연차휴가일수는 출근율 100%를 가정한 것이다. 출근율은 개근율이라고도 하는데 이 비율이 80% 이상일 때 비로소 15일 이상의 일반연차가 발생하는 것이다.

그렇다면 출근율 80%는 어떤 기준으로 산정할까? 파업을 개시하거나 육아휴직을 사용한 경우, 또는 해외연수를 실시한 경우와 같이 직장인의 신분에 변동이 있을 때도 똑같이 연차휴가일수를 계산하는 것일까?

예외적인 연차는 직장인을 보호한다.

#2021년 8월

김현희 대표가 대노하고 있다.

"야이, 미친놈아. 으이구. 요즘이 어떤 세상인데 영업처 자료를 백업도 안 하니? 아니 지웠을 수도 있는데, 돈까지 받아먹고. 완전 미친 거 아니야?"

"자료를 고의로 지우진 않았습니다."

영업관리를 담당하는 최명수 과장은 머리를 조아리고 있다.

"그럼 왜 업무 노트북에 아무 자료가 없어?"

"안 믿으시겠지만 업무용 노트북이 오래돼서 웹하드에 백업을 주기적으로 하고 있었습니다. 지금 문제가 되는 자료는 백업된 줄 알고 하드 포맷을 했습니다."

"음, 그걸 나보고 믿으라는 거니?"

"죄송합니다."

"거래처에서 돈은 왜 받은 거니? 얼마를 받은 거야?"

"30만 원 받았습니다."

"선물로? 현금으로?"

"현금입니다."

"아, 미치겠네. 최 과장이 개인적으로 아는 사람들에게 돈을 빌리든 받든 하는 것은 자유야. 설령 돈을 떼먹어도 죽일 거야 살릴 거야? 하지만 비즈니스 관계에서는 다른 거 알잖아?"

"맞습니다."

"어떻게 된 건지 자초지종을 설명해 봐."

"이번에 시공되는 쿠트통신 사옥 리모델링 공사에 전기공사 하도급을 고려하는 중에 있었습니다."

"그건 나도 알아."

"그래서 평소 저희와 좋은 거래관계에 있었던 A 전기공사와 B 전기공사 둘 중 하나를 선정하려고 했습니다. 그런데 A 전기공사가 크게 진행 중인 공사에서 기성이 막혔나 봐요."

"그래서 최 과장에게 하도급을 부탁했다?"

"네."

"그래. 그럴 순 있어. 그쪽도 살아야 하니까. 그냥 인간적인 관계에서 밥 먹는 것까지 뭐라고 할 순 없지. 하지만 단돈 1원이라도 받으면 문제가 되지 않겠니? 그쪽에서 우리 회사를 어떻게 보겠어?"

"……."

"받으려면 팔자 고칠 금액이라도 받고 해외로 튀던가? 월급의 10%도 안 되는 돈을 받아서 이게 무슨 개망신이니? 일단 그 돈 당장 돌려줘. 그쪽에서 고사하면 카톡 송금으로라도 보내.”

“알겠습니다.”

“그리고 대외적으로 밝혀진 이상 그냥 넘어갈 순 없다. 인사과에 이야기해서 인사위원회를 개최할 거야. 나는 우리 회사라는 배를 이끄는 선장이야. 선장으로서 선원을 규율하는 것에 있어 개인적인 감정과 인연은 배제해야 하잖아? 네가 아무리 내 대학 후배라도 어쩔 수 없어.”

“네. 그렇게 알고 있겠습니다.”

김현희 대표는 1984년생으로서 인테리어 업종에서는 비교적 성공한 인물이다. 관련 전문지에도 적지 않은 기사가 게재되었다. 김 대표는 서구식 스타일 대신 중국 내륙과 인도 북부에 있는 건축 스타일을 한국식으로 접목하는 실내건축을 하는 것으로 유명하다. 처음에는 2명을 데리고 시작했다. 입찰에도 영업에도 공사 현장에도 직접 발로 뛰었다. 손해를 본 공사도 있었지만 사업은 신뢰로 하는 거 아니던가?

거래대금을 못 받아도 사재를 출연하여 기술공들에 대한 노임은 단 한 번도 체불하지 않았다. 그 대금을 받기 위해 변호사를 선임했지만 차 떼고 포 떼고 나면 남는 것도 없었다.

현장에서는 그러한 그녀의 집념을 알아주었고 기술공들이 김현희 대표에게 몰리기 시작했다. 남들보다 더 성의 있게 공사를 했고 완성된 실내 건축물을 마주한 발주자들은 만족했다. 그리고 다른 발주자를 소개해주었다. 그렇게 살다 보니 어느덧 상근직원이 50명이 넘었다.

토목공사와 같은 대규모 공사가 아닌지라 외견상 진입장벽이 낮아 보였나 보다. 김현희 대표의 노하우를 빼먹기 위해 접근하는 사람도 있었고, 취업 후 영업선에 흑심을 품고 접근하는 사람도 있었다. 또한 공사 대금의 일부를 부정적으로 떼먹는 사람들도 존재했다. 직원이 30명이 넘으니 노사협의회라는 것도 운영해야 했다.

지금까지의 경험으로 봤을 때, 사람 문제는 수학 문제 푸는 것과는 아주 다르다. 답이 없다. 2년 전 노무법인 원을 자문역으로 선임했고, 원에서는 근로계약서와 보안서약서 등을 꼼꼼히 검수해주었다. 연차휴가와 임금명세서, 현장개설신고, 4대보험 정산 등 업무도 조력해주고 있다.

그런데 인사 문제, 그것도 징계 문제는 김현희 대표도 처음이었다. 직원들이 전부 퇴근한 오후 7시, 다소 늦은 감이 있지만 김우탁 노무사에게 전화를 걸었다.

"노무사님. 안녕하세요."

"네, 대표님. 안녕하세요."

식사하는 소리가 들린다.

"아 혹시 식사 중이세요?"

"네. 상암동에서 지인분들과 식사하고 있는데, 다 먹고 담소 중입니다. 통화 괜찮으니 말씀하세요."

"아마 조만간 인사팀에서 전화를 드릴 텐데요. 징계 건이 하나 생겼습니다."

"네. 조용하게 성장세를 구가 중인데 어쩐 일인지요?"

"이게 참 그냥 넘어가기도 그래요. 공사 관련해서 거래처에게 돈을 좀 받았습니다."

"얼마 받으셨죠?"

"30만 원이요."

"아, 아마 30년 전이라면 문제가 되지 않을 금액이긴 하죠. 그때는 지금처럼 사회가 투명하진 않았으니까요. 하지만 지금은 2020년대 아닙니까?"

"네. 해고도 가능한가요?"

"글쎄요. 거래처에서 돈을 받은 건 분명 잘못이죠. 징계사유로는 충분한데, 징계는 양정이라는 것이 있거든요. 그 돈을 돌려주고 철저히 반성한다면 경감도 가능하다는 이야기죠."

"네. 알겠습니다. 인사팀에게 자문 잘 부탁드립니다."

#2021년 9월

김현희 대표가 운영하는 혀니건축 회의실에서 인사위원회가 열리고 있다.

"2021년 9월 인사위원회를 개최하겠습니다. 저는 대표이사가 아닌 인사위원장으로 오늘 이 자리를 주관하고 있습니다. 오늘 안건은 징계혐의자 최명수의 징계 건입니다. 간사는 그동안 발생된 관련 사항을 보고해주세요."

인사위원은 김현희 대표를 위원장으로 하고, 전무이사와 외부위원 2명 등 총 4명으로 위촉하였다. 외부위원은 김우탁 노무사와 조용하 변호사를 위촉하였다.

인사팀장이 간사로서 관련 사건을 시간 순서대로 설명하였다.

"이상으로 제안 설명을 마치겠습니다. 오늘 안건에 대해 위원님들이 의결하기 전에 징계혐의자 최명수 부장이 소명을 원하고 있어 밖에서 대기 중에 있습니다. 입장시켜도 되겠습니까?"

아무도 대답을 하지 않사 심현희 대표가 대답한다.

"네. 입장시키세요. 몇 분 정도의 소명 시간을 주면 됩니까?"

"정해진 것은 없습니다만 20분 이내로 진행하심이 좋을 것 같습니다."

최명수 부장은 짧고 굵게 대답하였다.

"위원님들. 바쁘신 상황에서 이렇게 불미스러운 자리를 만들어 죄송하게 생각합니다. 변명의 여지 없이 금전을 받은 것은 잘못했습니다. 이 시각 현재 30만 원은 반환한 상황이며 오늘 위원회에서 어떠한 결정이 나오더라도 이의 없이 따르겠습니다."

위원들의 의견은 다양했다. 친분이 있는 사이였기에 30만 원은 적은 금액이라는 의견, 어떠한 이유로도 금전이 오갈 수 없다는 의견, 차라리 홍삼 같은 선물로 받지 왜 그랬냐는 의견 등. 중론은 정직 3개월로 모아졌다. 중징계였다.

"네. 위원님들의 소중한 의견과 의결 감사합니다. 이에 본 위원장은 징계혐의자 최명수에 대하여 정직 3개월을 의결합니다. 간사는 오늘 회의 내용을 정리해서 후속 조치해주세요. 이상으로 오늘 인사위원회를 마치겠습니다."

#2022년 1월

오랜만에 회사에 출근한다. 방학을 마치고 등교하는 학생의 마음도 들고, 그만둔 줄 알았는데 3개월 만에 출근하는 모습을 보고 나를 비난할 것 같은 두려움도 들고. 먼저 인사팀으로 들어갔다.

인사팀장이 의외로 웃으면서 반긴다.

"최 과장님. 3개월 동안 잘 지내셨습니까?"

"네. 덕분에요. 인생 공부 많이 했습니다."

"그렇다면 다행입니다. 원직으로 복직하시는 것이니 이따가 자리로 가셔서 예전처럼 다시 일하시면 됩니다. 부하직원들이 더 어색해할 수 있으니 먼저 인사하시고 저녁 식사도 하고 그러세요."

"네. 그래야지요."

"정직 처분을 받고 그 기간이 종료되었습니다. 일사부재리 원칙상 다시 그 건을 다루지는 않을 거예요. 그런데 승진연한에서 감점을 받는 것은 알고 계시죠?"

"네. 알고 있습니다. 각오했던 일입니다. 더 열심히 해야죠."

"네. 그리고 연차휴가 말이에요."

"네."

"작년 10월부터 12월까지 정직 처분으로 인해 출근을 안 하신 것은 결근 처리됩니다."

"네. 월급도 못 받았죠."

"1월 초에 올해 사용할 수 있는 연차휴가를 전 사원에게 공지했거든요. 과장님에게는 출근하면 알려드리려고 따로 공지하진 않았습니다."

"제가 8년 정도 다녔으니 작년 이맘때 연차휴가일수랑 거의 비슷하지 않나요?"

"아니요. 그렇지 않습니다. 과장님이 작년 4월에 개인 사유로 결근을 했고 정직 3개월 처분을 받았기 때문에 올해 사용할 수 있는 휴가는 8일입니다."

예외적인 상황의 연차, 3가지 유형의 완성

필자가 예외연차라고 설명하는 연차휴가가 있다. 앞서 설명한 일반연차(15일 이상 발생), 독립연차(1개월 개근 시 1일씩 발생, 11일 한도)와 더불어 마지막 유형의 연차휴가이다. 예외연차는 출근율이 80%에 미달할 때 독립연차의 원리를 차용하는 형태의 연차휴가이다.

벌써 오래전 일이 되었다. 2012년 8월 1일 이전에는 연차휴가라 하면 일반연차[47]만 있었다. 그 당시에는 (지금의 일반연차) 연차휴가가 발생하려면 1년간 출근율이 80% 이상이어야 했다. 반대로 해석하면 출근율이 80%에 미달하는 경우 당해 연차휴가는 없었다. 0개가 발생하는 것이다.

근로자 귀책사유로 인해 결근하는 경우에는 출근율에서 제외한다. 가장 대표적인 사례가 징계로서 정직(停職)[48] 처분을 받은 경우이다. 위 에피소드와 같이 12개월[49] 중 3개월을 정직처분한 경우 그리고 그 징계가 정당한 경우에는 명백히 근로자의 잘못이므로 결근 처리가 이루어진다. 이 경우 12개월 중 3개월을 결근하였고 그 비율은 25%이다. 결근율과 출근율의 합계는 100%이므로 출근율은 75%이며 이 비율은 80%에 미달한다. 2012년 8월 1일 이전에는 3개월의 정직 처분을 받은 근로자의 연차휴가는 0일이고 이는 다음 해에 사용할 수 있는 연차휴가가 전혀 없음을 의미했다.

물론 정직처분을 받을 만큼의 비위행위가 있었지만 그 행위에 대해서는 이미 정직이라는 징계로 불이익을 준 바 있다. 그런데 자동적이고 연쇄적인

---

47) 그 당시 독립연차는 종속연차 즉, 당겨쓰는 연차휴가였다.
48) 일정 기간 직무를 정지시키고 급여를 지급하지 않는 징계 유형의 하나이다.
49) 엄밀히 말하면 연간 소정근로일 대비 출근일수를 따지는데 이에 대해서는 〈비례 계산하는 연차휴가〉에서 후술할 예정이다.

결과로써 다음 해 사용할 연차휴가를 주지 않는 것은 어찌 보면 이중징계로 해석될 수 있다. 이러한 여러 가지 배경을 이유로 2012년 8월 1일 근로기준법은 개정을 통해「예외적으로」1년간 출근율이 80%에 미달하는 경우 독립연차 원리를 차용하는 것으로 규정하였다. 이를 위 에피소드 사례와 연결하면 정직 처분 기간 외 9개월을 모두 개근하였다면 월 1일씩 총 9일의 연차휴가를 이듬해에 부여받을 수 있게 되는 것이다. 만약 9개월 중 어떤 달에 개근을 충족하지 못했다면 9일에 미달하는 연차휴가가 발생한다.

또한 당연히 정직처분이 없는 다음 해의 귀속 연차휴가는 그 해의 근속연수를 고려한 일반연차로 전환된다.

상술한 상황은 직장인들에게 흔히 있는 일은 아니다. 예외적인 속성이 많기에 필자는 이를 예외연차라고 부른다.

지금까지 필자가 설명한 연차휴가는 3가지이다. 근속연수(n)를 고려하여 연차공식에 의해 발생하는 일반연차(25일 한도, 연 단위 산정), 통산하여 근속기간 1년 미만자에 대하여 발생하는 독립연차(11일 한도, 월 단위 개근율 산정), 출근율이 80%에 미달할 때 발생하는 예외연차라는 3가지 유형으로 정리된다. 이 3가지 유형은 입사일 기준으로 산정하는 것이 원칙이나 회사 규정 등을 통해 (직장인들에게 불리하지 않다는 가정 하에) 회계연도 방식으로도 산정할 수 있다.

특히 근속연수가 2년에서 3년이 되는 직장인의 경우 위 3가지 연차휴가가 혼재되어 발생할 가능성이 크다. 특히 독립연차와 일반연차는 반드시 혼재된다. 그 혼재된 연차휴가 중 일부는 미사용 연차휴가수당으로 전환된다. 이러한 이유로 직장인들이 연차휴가라는 주제를 어려워하는 것이다.

복잡해 보이지만 독자들 스스로가 본인의 권리인 연차휴가를 위 3가지 유형으로 분리해 보면 생각보다 어려운 개념은 아닐 것이다.

출근율? 재직율?

#2023년 3월

비행기가 제주국제공항에 착륙하고 있다. 서울은 아직 꽃샘추위가 기승을 부리지만 제주도는 봄이 한결 다가온 모습이다. 업무차 매년 1~2회 정도는 제주도에 오는데 올 때마다 마음이 설렌다. 김우탁 노무사가 자문하는 회사가 제주도 서귀포시에 있는데 내일 1시에 직장 내 괴롭힘 조사를 하기 위해 손창호 노무사와 함께 하루 일찍 제주도에 왔다. 내일 새벽 비행기를 타도 되지만 제주도는 섬이기에 기상악화로 이륙 일정이 변경될 가능성이 있다. 그래서 매번 일정 하루 전에 워케이션 삼아 미리 내려오곤 한다. 이번에는 최근에 계약한 다른 자문사에 인사도 할 겸 좀 더 일찍 내려왔다.

"아! 날씨 죽이는구나. 제주도는 아름다워. 창호야 뭐 먹고 싶니?"

"저는 아무거나 좋습니다."

"서귀포시로 가는 버스는 제주시청 앞에서 타도 되니까. 일단 택시 타고 연동 쪽으로 이동해서 갈치 조림을 먹자. 최근 계약한 곳도 연동에 있으니까."

"네. 좋습니다."

갈치 조림은 푸짐했다. 그런데 싸진 않았다.

"이거 거의 고급 고깃집 물가인데요?"

"창호, 제주도 갈치 조림 처음 먹어보니?"

"네. 일단 제주도에는 올 일이 별로 없었습니다."

"하긴. 나도 서른두 살에 처음 와봤어. 제주도는 섬이고 바다가 있으니 서울보다는 여기 갈치가 왠지 더 맛있더라고. 많이 먹자."

"네. 이따가 미팅할 곳은 제가 담당할 곳이 맞죠?"

"응. 제주두 간귤을 육지로 보내는 대형 유통업제인데, 대학 선배 소개로 알게 됐어. 거리가 거리인지라 유선으로 설명하고 이메일로 자문 계약을 체결했는데, 창호랑 내려왔으니 창호를 담당 노무사로 배정하려고 해."

"네. 알겠습니다. 특이사항이나 유념해야 할 사항이 있을까요?"

"과일과 채소를 취급하기 때문에 신선도가 핵심이잖니. 그래서 집하장을 365일 풀 가동하는 사업장이야. 그러니 필연적으로 교대 근무를 하고 있지. 3조 2교대라고 들었는데 정확한 것은 이따가 근무표를 봐야 해. 격일제 형태도 있다더라고."

식사 후 바로 앞에 있는 작은 카페에서 아이스 아메리카노를 마셨다. 마음을 깔끔하게 만들어주는 맛이었다. 연동에 위치한 유통업체로 이동하기 전에 내비게이션을 찍어보니 도보로 20분 정도 소요되는 것으로 나왔다. 둘은 소화도 시킬 겸 천천히 걸어갔다.

"이사님, 안녕하세요. 김우탁 노무사입니다. 지금 집하장 앞 경비실에 도착했습니다."

"네. 2층 접견실로 오십시오."

관리이사는 40대 중반의 남자였다. 제주 태생은 아니고 매형의 고향이 제주도라 이곳으로 귀향했단다. 이분은 경기도 이천에 있는 반도체 회사 1차 협력사를 오래 다녔는데 임원과의 알력으로 인해 사실상 구조조정을 당했다.

"노무사님. 육지 생활이 그리울 때도 있는데요. 그래도 여기 생활에 많이 적응됐습니다. 여기는 시간이 천천히 흘러가는 느낌입니다."

"네. 한가로운 모습이 부럽습니다."

"글쎄요. 아직은 전투적으로 살아야 하는 나이인가 싶기도 합니다. 또 아이들 교육은 서울에서 시켜야 하는 게 아닌가 하는 생각도 듭니다. 그런데 어쩌겠습니까? 이것도 운명인 걸요."

"네. 이전 직장에서는 인사 쪽 업무를 하셨는지요?"

"아니요. 전혀요. 저는 공대 출신입니다. 재료공학을 전공했죠. 인사 업무는 여기 와서 처음 해봅니다."

"네."

"제주도는 관내 출신이 많고 산업기반이 취약합니다. 관광산업이 지역 내 총생산의 70% 이상을 차지하죠. 그러다 보니 노동법에 대해 상대적으로 무지합니다. 무지하다기보다 사실 크게 관심이 없었어요."

"네. 충분히 그럴 수 있죠."

"그런데 외지 사람들이 제주도로 유입되면서 외지 문화가 많이 들어왔어요. 특히 노동법도 그렇습니다. 또 젊은 세대로 노동시장 구성원이 바뀌면서 더더욱 그렇고요."

"네. 먼저 자문역으로 선임해주심에 다시 한번 감사드립니다. 파트너로서 같이 성장했으면 좋겠습니다. 얼굴 뵙고 소통하는 게 아무래도 좋더라고요."

"그럼요. 이렇게 멀리까지 와주셔서 저도 감사드립니다. 본격적인 상담을 하기 전에 노무사님들 주소를 좀 알려주세요. 저희 농산물을 택배로 좀 보내드리겠습니다."

"아이고. 감사합니다."

"육지에서 이곳까지 오신 것에 대한 약소한 선물입니다."

"네. 다시 한번 감사합니다. 혹시 현안 중 궁금하신 게 있나요?"

"연차휴가에 대해 물어보고 싶습니다. 인터넷이나 유튜브, 블로그를 찾아보니 대충 이렇게 계산하는구나 정도는 알겠더라고요."

"네."

"그런데 우리 회사는 3조 2교대, 2조 격일제 위주로 일하는 분들도 많이 계십니다. 그런데 이런 상황은 눈을 씻고 찾아봐도 안 나오더라고요."

"네. 변칙적인 상황이죠. 교대제는요."

"네. 맞습니다. 근데 제 상식에는 연차휴가는 휴가잖아요. 쉬게 해주는 게 더 중요한 것 같은데 격일제 근무자에게도 연차휴가를 보장해줘야 하는 것인가요?"

"아. 이사님. 불쾌하게 듣지는 마시고, 혹시 그렇게 생각하시는 이유는 무엇인가요?"

"다른 이유보다는 비번일 때문에 그렇습니다. 격일제 근로자들은 비번일이 1년에 180일이 넘습니다. 정확하게는 182.5일이죠."

"네. 출근일 실근로시간은 몇 시간인가요?"

"16시간입니다. 주간 시간대에 4시간, 새벽 시간대에 4시간, 이렇게 8시간은 쉽니다."

"네. 사실 제조업이나 유통업에서 생짜 격일제는 흔치 않거든요. 제 질문에 대한 이사님의 생각이 궁금합니다."

"네. 182.5일을 쉬고, 182.5일을 일합니다. 이미 연간의 50%를 쉬는데 그 쉬는 날을 연차휴가로 처리하면 되지 않을까 해서요. 물론 오해는 하지 마세요. 노동 착취할 생각은 없습니다."

"네. 그렇게 오해하지 않습니다. 저도 소싯적에는 그렇게 생각했었으니까요."

"일단 비번일 중 일부를 주휴일로 처리하는 것은 가능합니다. 왜냐하면 비번일 중 일부를 주휴일로 처리하면 무급인 비번일이 유급인 주휴일로 변신하는 마법 같은 일이 직장인에게 발생하니까요."

"그러면 연차휴가로 처리하는 것도 가능한 것 아닌가요?"

"얼핏 생각하면 그럴 것 같지만 결론 먼저 말씀드리면 불가합니다. 그 이유는 의외로 간단합니다. 비번일에 쉬는 것을 연차휴가로 처리하면 해당 근로자의 연차휴가일수만 차감됩니다. 이른바 잔여 연차일수가 작아지죠. 그렇다고 그 비번일을 주휴일처럼 유급으로 바꿔주는 건 아니기에 불가합니다."

"결국은 돈 문제로 귀결되네요."

"정확한 말씀입니다. 사실 돈이죠. 그럼 '비번일을 유급으로 변신시켜서 돈을 더 주면 되지 않을까?'라는 생각이 드실 거예요."

"네. 그렇습니다."

"그것이 바로 연차휴가수당입니다. 미사용 연차휴가수당을 주면 결국은 비번일을 유급처리해주는 것과 동일한 결론에 도달합니다."

"아. 그렇군요."

"격일근로자에 대한 연차휴가일수 계산은 조금 더 복잡합니다. 이 부분은 해당 근무표와 연봉내역, 입사일 등 근로자 명부를 요청한 후 추후 회신 드리겠습니다."

"네. 알겠습니다. 그리고 출근율에 대해서도 궁금한 것이 있습니다."

"네. 연결되는 논리라 설명드리려고 했는데요. 이사님이 궁금하신 부분을 먼저 말씀해주세요."

"1년하고 11개월, 그러니까 23개월을 근무한 직원이 있는데요. 앞의 1년에 대해 생기는 연차휴가에 대해서는 당연히 알고 있습니다. 근데 직전 11개월에 대해서도 연차휴가가 발생하나요? 퇴직하면서 11개월에 대한 연차휴가도 요청을 하고 있어서요. 퇴직한 지는 한 5일 된 것 같습니다."

"네. 많이 하시는 질문입니다."

출근율은 재직률과 다르다.

어떤 비율을 확정하려면 분모와 분자를 명확하게 해야 한다. 실업률은 경제활동인구 수가 분모에, 실업자 수가 분자에 위치한다. 흔히 「○○율」을 정의할 때 ○○에 해당하는 것이 분자에 위치한다. 출근율도 마찬가지다. 분자에 출근일수가 들어가는 것은 명확하다. 그렇다면 분모에는 어떤 사항이 들어가야 하는가?

위 에피소드에서 제시한 11개월을 두고 노사 간 재직률을 산정한다면 약 91.6%(=11개월÷12개월)이다. 한 달만 더 재직했다면 100%를 달성할 수 있는 숫자인데 노동시장에서 이를 출근율로 오해하는 경우가 있다.

출근율은 기본적으로 재직률 100%를 전제로 하는 개념임에 주의하여야 한다. 연차(年次)라는 정체성을 다시 한번 생각해보자. 1년을 무조건 꽉꽉 채운 후에 과거 1년을 뒤돌아보는 개념이다. 이러한 이유로 1년하고 11개월을 근무 후 퇴직한 경우 뒤 11개월에 대해서는 (노사 간 특약으로 정하지 않는 한) 연차휴가가 발생하지 않는다.

이제 출근율을 명확하게 정리할 수 있겠다. 분자는 출근일수, 분모는 연간 '어떤' 일수가 위치한다. '어떤'에 들어갈 말은 무엇일까? 정답은 연간 소정근로일수이다. 소정근로일수라 함은 회사와 직장인이 「서로 일하기로 약속한 날들」(직장인들이 평일이라고 부르는 날들)을 의미한다. 소정을 한자로는 所定이라고 하는데 이를 한글로 번역하면 「정한 바」이다. 일을 하기로 서로 정하는 시점은 당연히 입사 시점이다.

따라서 입사 시점에서 일을 하지 않아도 되는 주휴일, 주 5일 근무제의 경우에는 토요일에 해당하는 휴무일[50], 5월 1일 근로자의 날, (상시 근로자수 5인 이상 사업장에 해당하는) 관공서 휴일[51], 회사 규정으로 정한 약정휴일[52], 위 에피소드에서 제시한 비번일[53]은 소정근로일이 아니다.

격일제 형태에서 비번일과 주휴일의 총계는 무려 182.5일이다. 그렇다면 1년 동안 일을 하기로 약정한 날, 즉 연간 소정근로일수도 183일(논의상 182.5일을 반올림하였다)이다. 이 소정근로일수 대비 출근일수의 비율이 출근율이다. 따라서 출근율 80%를 달성하는 이 직장인의 출근일수는 147일(146.4일을 올림하여 계산)이 된다. 만약 출근일수가 147일에 미달하면 예외 연차휴가로 전환된다.

소정근로일은 근로 형태에 따라 매우 다양하게 나타난다. (주휴일과 휴무일, 비번일까지만 고려할 때) 격일제 형태는 약 183일, 주 5일 근무제 아래 1주 40시간을 일하는 직장인은 약 261일[54], 주 2일만 일하는 파트타임 직장인은 104일[55], 주 3일만 일하는 파트타임 직장인은 156일이다. 여기에 5월 1일 근로자의 날, 약정휴일까지 고려하면 직장인별 소정근로일수는 천차만별이다.

---

50) 휴무일은 유급휴무일과 무급휴무일로 구성되는데 대부분은 무급휴무일이다. 또한 토요일을 (휴무일이 아닌) 휴일로 정할 수도 있다.
51) 독자들이 학창 시절에 학교를 가지 않았던, 이른바 달력상 빨간 날을 의미한다.
52) 법정휴일과 다르게 회사가 임의적으로 정할 수 있는 휴일이다. 회사창립기념일이 가장 대표적인 약정휴일이다.
53) 비번일은 산업현장에서 사용하는 용어로서 "당번이 아닌 날" 즉 출근을 하지 않고 쉬는 날을 의미한다. 이날의 유급 또는 무급 여부는 회사에서 정할 사항인데 대부분은 무급이다.
54) 365일 중 토요일 52일, 일요일 52일을 차감한 일수이다.
55) 1년은 약 52주(=365일÷7일)로 구성된다.

회사에서 강제 휴업을?
그럼 내 연차휴가는?

#2020년 5월

일산에서 피트니스 센터를 크게 운영하는 김재영 관장의 마음이 무척 괴롭다.

"와, 이거는 완전 죽으라는 소리네!"

"관장님, 무슨 내용인가요?"

여성 회원 PT를 담당하는 김현진 매니저가 옆에서 내용을 궁금해한다.

"또 집합 금지를 시킨다네. 참나. 이제 좀 회원들을 모집해서 자금난을 물리쳐보려고 했는데."

"아, 그러면 다음 달도 저희 매출은……."

"빵 원이지 뭐. 모이지도 못하게 해, 매출은 없어, 임차료는 100% 다 나가, 직원들 월급도 그대로 나가."

"네……."

"도저히 안 되겠다. 직원들에게 사정을 설명하고 잠시라도 셔터를 좀 내려야겠다."

"그럼 저희 센터도 똑같이 조치하시나요?"

"당연하지. 먹고 죽을 것도 없다. 다 모이지 말라네. 고용유지지원금 어쩌고 하는 지원책을 쓰는데 크게 와닿지는 않네."

김재영 관장은 2016년에 이 피트니스 센터를 열었다. 체육학을 전공하진 않았지만 본래 운동을 좋아하기도 했고 마침 기존 시설이 매물로 나오면서 운 좋게 센터를 열었다. 처음에는 영업실적이 괜찮았다. 경쟁센터 대비 저렴한 가격, 좋은 샤워 시설, 역세권, 괜찮은 운동 장비, 젊고 열정적인 PT 강사들에 대한 입소문으로 회원 충원율이 80% 이상에 육박했다. 일산 지역 자체가 생활 소득 수준이 중산층 이상인 경우가 많은 것도 그 이유 중 하나였다. 임대료, 대출이자, 인건비라는 3대 고정비도 무섭지 않았다. 그놈의 코로나19가 시작될 때까지는.

그 누구의 잘못도 아니었다. 지금껏 태어나서 독감 걸렸을 때 빼고는 마스크를 써본 적이 없었다. 그런데 이제는 마스크 구입 대란이 펼쳐지고 있는 이 현실. 초등학교 수업도 온라인으로 하질 않나, 음식점 영업시간도 9시로 제한하질 않나, 하다못해 백신 인증까지 발급한다. 그것도 우리나라만도 아니고 전 세계적으로 말이다. 전무후무한 팬데믹을 맞아 정부가 각고의 애를 쓰는 것도 알겠다. 하지만 자영업자는 무슨 죄가 있단 말인가?

그나마 김재영 관장처럼 몇 년 간 수익 회수를 한 사람은 그래도 다행이었다. 최악은 작년에 창업하면서 상투를 잡은 사람들이었다. 매출 0에 원가는 그냥 나가버리는 말도 안 되는 구조. 마치 꿈을 꾸는 기분이다. 김재영 관장은 결단을 내린 후 피트니스 직원들을 요가 실습실로 불렀다.

"자, 오랜만에 전부 다 모였구나."

분위기는 무거웠다.

"오늘 이렇게 집합하는 것도 걸리면 과태료가 나올 만큼 지금 시점에서는 해서는 안 되는 일이야. 알고 있지?"

"네……."

모인 직원들 20명이 무겁게 대답한다.

"빨리 핵심만 전달할게."

"우리 직원들 덕분에 매출도 늘었고, 우리 서로 격려하면서 잘해왔잖아. 정말 고맙게 생각한다. 근데 지금은 내가 말을 하지 않아도 상황이 짐작될 거야. 물론 센터를 접겠다는 것은 아니야. 하지만 소나기는 피해야 할 것 같구나. 미안하게 됐다. 소나기를 피하는 시간 동안에는 각자도생하자."

"그럼 앞으로 구체적인 일정이 어떻게 되나요?"

근로자 대표격인 김현진 매니저가 물었다.

"노무사와 협의를 해보고 구체적인 내용을 공지할게. 현재 확실한 건 3개월 단위로 휴업을 할까 한다. 정부에서 강제하는 집합 금지 조치가 끝나면 바로 영업 개시할 것이고, 나도 그러고 싶은데 상황을 좀 더 봐야 할 것 같아."

"네 관장님. 참 슬프네요. 우리가 이렇게까지 되다니요?"

"뭐 내 팔자 아니겠니? 생애 주기에서 이런 말도 안 되는 상황을 만나게 될 줄 누가 알았겠니? 내 친구는 방역 사업을 하는데 걔는 아주 신이 났어. 누구 탓을 하겠니?"

센터 행정 일을 맡은 조한솔 주임이 손을 들고 묻는다.

"관장님, 많이 힘드시겠지만 저 질문 하나 해도 될까요?"

"응. 월급에 관한 질문이지?"

"네. 맞아요."

"그래. 1차적으로 한솔이도 여기 근로자고, 내가 월급에 대해 교통정리를 하지 않으면 급여 담당하는 한솔이에게 엄청 물어보겠지. 내가 지금까지 정리된 내용을 간단하게 브리핑할게."

"네. 관장님."

"우리 식구들에게 꼼수를 쓸 생각은 전혀 없다. 자문 노무사에게 물어봤어. 코로나19 그 자체는 전대미문의 세계적인 전염병이라 천재지변이라고 하더라고. 천재지변에 대해서는 사업주는 사업을 접든 휴업을 하든 간에 임금을 안 줘도 된대."

"아······."

"긴장되지?"

"······."

"문제는 코로나19로 인한 휴업을 천재지변으로 인한 휴업으로 인정하면 어떻게 되겠니? 전 국민이 굶게 될 거야. 그래서 노무사 말로는 현재 고용노동부에서는 휴업 결정은 사업주가 하는 거니까 코로나19로 인한 휴업은 사업주 귀책사유로 인한 휴업이래. 말이 어렵지?"

"……."

"자, 한마디로 휴업수당을 지급한다는 말이야. 휴업수당은 평균임금의 70% 또는 통상임금의 100% 중 최솟값으로 결정한대. 우리 업종은 회원 수 대비 기본급이 성과급 체계로 결정되는 측면이 강하잖아. 평상시 너희가 받는 월급 대비 70%를 지급할 거야."

"저희는 감사한 일인데 관장님 괜찮겠어요?"

또 다른 인기 PT 강사인 김병준 매니저가 물었다.

"아까 이야기했잖아. 내 팔자라고. 이 업을 접지 않는 이상 버텨 봐야지. 고용유지지원금이나 4대보험 면제 신청 같은 것은 한솔이랑 같이 진행할게."

"네. 잘 알겠습니다."

"혹시 다른 질문 있니?"

"네. 혹시 저희 연차휴가는 어떻게 되는 것인가요?"

"아, 그 부분에 대해서는 노무법인에 물었더니 2가지를 이야기해 주더라고. 일단 휴업 기간에는 연차휴가 그 자체를 쓸 수 없기 때문에 사용시효가 중단된대. 휴업 이후로 이월해서 사용이 가능하다고 하더라고."

"네."

"만약 올해 이 휴업이 끝나면 내년도에 배정될 연차휴가는 조금 다르게 계산된다고 했어. 뭐라고 설명을 해줬는데 사실 100% 이해는 안 됐고 「비례」라는 말만 기억에 남아있어. 큰 틀은 이해한 상황이니 구체적인 것은 한솔 주임 통해서 다시 알려줄게."

"네."

"자, 힘내자. 이런 세상이 있으면 또 좋은 세상이 올 때도 있겠지."

김우탁 노무사의 특강 Vol.11

그 유명한 비례연차

필자는 일 조회수 100~200 정도의 블로그를 운영하고 있다. N사에서는 블로그 운영자에게 유입 검색어를 제공하는데, 2~3일에 한 번씩 「비례연차」[56]라는 검색어로 내 블로그에 유입이 이루어지는 것을 볼 수 있다. 실무적인 용어인데 연차휴가 영역에서는 꽤 유명한 용어이다.

1년은 365일, 12개월이다. 이번 특강에서는 연간 소정근로일이 365일, 연간 소정월수가 12개월이라고 간주하고 논의를 진행한다[57]. 위 에피소드처럼 회사[58]의 귀책사유로 휴업을 했다고 하자. 여기서 중요한 점은 회사의 귀책사유로 인한 휴업일 때의 비례연차휴가를 논의한다는 점이다.

소정개월수가 12개월인데 위 에피소드처럼 2020년 5월 1일부터 2020년 12월 31일까지 즉 8개월을 휴업했다고 하자. 이 경우 소정개월수는 1월 1일부터 4월 30일까지로 축소되는데, 이를 「나머지 소정근로일수」라고 한다. 휴업은 근로자의 잘못으로 발생한 것이 아니기에 결근 처리할 수 없다. 그렇다고 출근한 것으로 보기도 애매하다. 이러한 이유로 중립적인 포지션으로써 비례 계산을 한다. 이때 비례가중치를 도출해야 하는데 그 가중치는 1보다 작은 값으로써 필자는 a값으로 표현한다($0 \leq a \leq 1$).

$$a = \frac{\text{나머지 소정근로일수}}{\text{연간 소정근로일수}}$$

---

56) 회계연도 방식 아래 연중 입사자에 대한 비례연차와는 다른 개념이다.
57) 소정근로일이 회사마다, 근로자마다 너무 다르기 때문이다.
58) 근로자 귀책사유로 인한 휴업의 경우에는 결근으로 처리하며 출근율이 80%에 미달할 경우 예외연차로 전환된다.

위 에피소드를 통해 (개월 수로 환산한) 값을 도출하면

$$a = \frac{4개월}{12개월} = \frac{1}{3} \text{ 이다}$$

만약 피트니스 센터 직원 중 한 명의 근속연수가 $n = 8$ 이었다면 정상적인 일반연차는 18일이 산정된다($Y = \frac{8}{2} + 14 = 14$일). 그런데 회사 귀책사유로 인해 휴업을 했기 때문에 18일에 대한 비례가중치를 곱하여 비례적인 연차 휴가(비례연차)를 산정한다. 즉 2020년 말 기준 산정되는 비례연차일수는 6일($= 18$일 $\times \frac{1}{3}$)이 된다.[59]

지금까지 설명한 회사 사정으로 인한 휴업 외에도 비례 계산을 하는 다른 사유도 있다. 고용노동부 지침에 따르면 「적법한」 쟁의행위도 비례연차 산정의 사유가 된다. 쟁의행위는 파업 · 태업 · 피케팅 등 여러 가지 유형으로 구성되는데 독자들은 파업으로 이해하면 충분하다. 다만 적법하지 않은 이른바 불법 파업은 비례 계산의 대상이 아니며 결근으로 처리된다.

우리나라에서 파업이 정당성을 인정받고 적법한 파업이 되기 위해서는 많은 허들을 넘어야 한다. 파업의 목적이 임금과 근로조건 개선에 있어야 하고 파업의 주체가 노동조합이어야 한다. 또한 폭력 · 파괴행위를 하지 않는 등 절차도 준수해야 하고 관할 노동위원회에 노동쟁의 조정신청도 해야 한다. 또한 조합원 과반수의 찬성을 받아야 한다. 이러한 요건을 충족하여 적법한 파업이라고 인정된 경우에도 상술한 휴업 사례처럼 비례 계산을 하여 연차휴가를 산정한다.

비례 계산이 활용되는 사례는 생각보다 다양하다. 결근 처리도 아닌, 출근 간주도 아닌 영역에 해당할 경우 비례 계산으로 수렴하는 경우가 많다. 예

---

59) 회사 사정으로 인한 휴업이 발생하면 휴업 기간 그 자체에서 임금감소(휴업수당을 지급 받음)도 나타나지만 다음 해 부여받을 연차휴가일수도 차감되는 것이다. 이러한 이유로 2020~2021년 코로나19로 인해 노동시장 주체들이 많은 어려움을 겪은 바 있다.

를 들어 육아휴직을 부여할 경우 1년까지는 남녀고용평등법[60]에 따른 육아휴직으로써 법정 육아휴직이[61] [62]라고 한다. 법정 육아휴직은 2018년 이후 연차휴가 출근율과 관련하여 출근으로 간주[63]된다.

하지만 1년을 초과하는 육아휴직(예를 들어 1년 6개월의 육아휴직 중 6개월)은 법에서 정한 육아휴직이 아닌 회사 규정에 따른 복리후생적 육아휴직이다. 이 같은 경우에는 연차휴가를 산정할 시에 비례 계산 원칙을 적용한다. 이외에도 해외연수 기간, 회사가 승인한 병가 기간 등에도 비례 계산 원칙을 적용한다.

위에서 설명한 비례가중치 a 값은 일반연차뿐만 아니라 독립연차에도 적용된다. 어떤 월이 30일로 구성되며 이 중 20일 회사 사정으로 인해 휴업했다면 독립연차 산정을 위한 월간 소정근로일수 대비 나머지 소정근로일수 비율은 $\frac{1}{3}$ $(=\frac{10일}{30일})$로 도출된다. 이를 독립연차 1일에 곱하면 0.333일이 도출된다. 이 값에 (예를 들어) 1일 소정근로시간 8시간을 곱하면 2.67시간이라는 연차휴가시간이 산정된다. 최근 들어 반차휴가 등 연차휴가를 시간 단위로 활발하게 사용하는 경우가 많은데, 소정근로일 중 2.67시간의 연차휴가를 사용할 수 있는 것이다.

지금까지 설명한 비례 계산에는 사실 큰 전제조건이 있다. 비례 가중치 a 값이 0.8 미만일 경우에만 활용된다[64]는 점이다. 예를 들어 1년 중 1개월 동안 적법한 쟁의행위가 발생한 경우 액면상으로는 비례 계산 사유가 발생하였다. 그런데 1개월을 결근 처리하더라도 출근율은 이미 80%가 넘은[65] 상황이다.

---

60) 정확한 법 명칭은 남녀고용평등과 일·가정 양립 지원에 관한 법률이다.
61) 법정육아휴직은 출근으로 간주되는데 이는 관련 부분에서 상세히 설명하도록 한다.
62) 법정육아휴직 기간에 대한 근로조건은 관련 부분에서 후술한다.
63) 연차휴가와 출근 간주는 관련 주제로 별도 후술한다.
64) 대법 2015다66052
65) 11개월÷12개월=91.67% ≥ 80%

그럼에도 불구하고 비례 가중치 a 값을 적용하여 비례 연차휴가를 산정하면 해당 직장인의 연차휴가일수(또는 시간)가 감소하는 불합리한 결과가 발생한다. 이러한 이유로 연차휴가 비례 계산은 $a < 0.8$인 경우[66)]에 한하여 적용한다.

　마지막으로 정리하면 나머지 소정근로일수 대비 출근율이 80% 이상일 때는 연차휴가를 비례 계산하며 반대의 경우에는 예외연차방식으로 산정한다.

---

66) 필자가 본문에서 예를 들어 설명한 사례는 전부 비례가중치가 0.8 미만인 사례이다.

직장인들에 대한 노동법의 배려!
출근으로 보는 기간

#2022년 8월

산부인과에서 나온 우수인은 숨이 찬다. 만삭인 몸이 무겁다. 태아 검진 시간을 활용하여 이제 매주 한 번씩 산부인과에 간다. 다행히 산부인과가 회사와 멀지 않아 업무와 병행하고 있다.

"이사님. 다음 주가 출산휴가 개시일인 거 아시죠?"

"응. 알고 있어."

류해린 이사는 회사 내에서 입지전적인 인물이다. 여성으로서 초고속 승진을 했다. 그것도 워킹맘으로서 말이다. 우수인이 근무하는 곳은 심리상담센터이다. 정신건강의학과와 제휴된 곳인데 주로 일하는 엄마와 그 자녀에 대한 상담을 하고 있다.

"수인 씨, 육아휴직은 바로 붙여서 쓸 예정이니?"

"그 부분은 남편과 상의를 해야 할 것 같습니다."

"그래. 그래도 수인 씨만의 계획이 있을 것 같은데? 그 계획을 알아야 우리 센터도 후임자를 구하든지 하니까. 계획대로 안 돼도 괜찮으니 편히 말해봐."

상담센터의 구성원은 대부분은 여성이다. 그것도 기혼여성이

90% 이상을 차지한다. 일부러 기혼여성만을 채용한 것은 아니다. 업계에서 입소문이 나 우수한 기혼여성이 몰렸다고 보는 게 맞다.

"네. 요즘에는 아빠도 육아휴직을 많이 쓰잖아요. 그런데 남편 회사에서는 전무한 사례라고 눈치를 보는 것 같더라고요. 그래서 제가 출산휴가에 이어서 육아휴직을 써야 할 것 같습니다."

"수인 씨. 친정이나 시댁에서 아이 돌봐줄 사람 없지?"

"네."

"힘들겠네."

"네. 양가 모두 지방에 계시고, 올라오셔서 머무를 거처도 마땅치 않아서요. 제가 직접 육아를 할 예정입니다. 그래도 우리 회사는 출산휴가와 육아휴직에 관대해서 너무 좋습니다."

"참 어려운 일이지. 나도 애 엄마지만 회사 입장에서 출산휴가와 육아휴직을 보장하는 게 쉬운 일은 아닌 것 같아. 물론 직장인들에게 보장된 권리인 건 알아. 문제는 대체인력 뽑기가 쉽지 않다는 거야. 이게 벽돌 채워넣기처럼 바로 되는 게 아니라는 게 골치지."

"네. 그럴 것 같습니다. 그럼 제 업무는 누가 하게 되나요?"

"우리 센터는 적정 인원보다 더 많은 인원을 보유하고 있어. 그게 나와 대표님의 생각이기도 하고. 잉여 인력이 있다는 거지."

"네."

"부정적으로 생각하지 마. 요즘은 잉여라는 게 마치 '월급 루팡' 처럼 쓰이는 말인 것 같던데 우리 회사는 달라. T/O보다 더 많은 인

원을 선제적으로 채용해서 이러한 결원에 대비하는 거지."

"네. 그런데 그렇게 되면 회사 이윤에 부정적이지 않나요?"

"매출이 고정되어 있고 인건비만 과다 지출되면 당연히 그렇지. 사실 무시할 수 없는 현실이기도 하고. 결국 이런 게임은 누군가 양보해야 하는 게임인데, 일단 우리 회사가 양보하는 거지. 정부가 돈을 주고 하더라도 대체인력까지 뽑아서 바치는 것은 아니니까."

"네. 그런데 그런 마인드를 견지하시는 이유가 있나요?"

"멋지게 이야기하면 평판 효과를 노리는 것도 있겠지. 하지만 그 것보다는 딱히 대안이 없잖아? 출산휴가를 못 가게 할 수 없고, 자를 수도 없고. 또 나 몰라라 할 수 없잖니."

"네."

"수인씨에게 보장된 권리니까 눈치 볼 필요 없어. 건강에 안 좋으니까 편하게 남은 기간 몸조리 잘해. 여태까지 이렇게 모성보호 조치를 해도 회사는 망하지 않았어. 오히려 소문을 듣고 우수한 사람들이 와서 상담실적을 좋게 해주는 효과도 분명 있더라고."

"네. 육아휴직까지 같이 사용하는 것으로 계획을 잡아주세요."

"그래. 아마 같은 팀에서 상담을 분배할 거야. 더 하는 만큼 인센티브를 줄 예정이니까."

#2023년 12월

"선생님, 우리 은채 잘 부탁해요."

작년 9월에 은채를 출산하고 1년 2개월 동안 집에서 금이야 옥이야 하면서 키웠다. 시간이 무척 빨리 지나갔다. 우수인은 복직계를 내고 오늘 첫 출근을 한다. 은채는 다행스럽게도 13개월 차에 집 근처 어린이집에 당첨되어 한숨을 돌렸다.

"은채야, 엄마 다녀올게."

오랜만에 맡아보는 매연 냄새와 전철 냄새가 반갑기도 하다. 시계추처럼 반복되는 육아에 우울한 마음이 있었던 것도 사실이다.

전유빈 이사가 반갑게 맞이해주었다.

"수인 씨, 복직을 환영합니다."

"네. 이사님. 종종 전화는 드렸는데 오랜만에 뵙네요. 우리 회사는 별일 없었죠?"

"덕분에. 자 이제 복직했으니 내가 2가지를 이야기할게."

"네."

"첫 번째는 육아기 근로시간 단축을 할 것인지이고, 두 번째는 연말에 있을 연차휴가일수 체크야."

"네. 육아기 근로시간 단축을 제가 사용해도 되나요? 1년 2개월 동안 자리 비운 것도 죄송한데요."

"하하. 우리 회사 잉여 인력 많다고 했잖아? 지금도 수인 씨 없어도 잘 돌아가!"

"아······."

"긴장하지 마. 나가라는 말은 안 한다고 했잖아. 현실적으로 묻는 거야. 어린이집에 아이를 등·하원시키려면 1일 8시간 근무로는 힘들 거야. 1일 4시간이나 1일 6시간으로 줄여줄 수 있으니까 생각해보고 이야기해줘."

"네."

"대신 월급은 수인씨가 양보해야 해. 그건 받아들일 수 있지?"

"그럼요."

"근로시간 감소 대비 임금을 하향 조정하는 게 원칙이라고 하더라고. 1일 4시간으로 조정하면 50%로 조정되는 것인데, 그렇게까지는 안 할 것 같아. 과거에도 65% 선으로 조정했으니까."

"그렇게 해주시면 저야 감사하죠."

"그리고 작년 9월부터 11월까지 출산휴가를, 12월부터 올해 11월까지 육아휴직을 썼잖아. 이미 작년 말에 이메일로 22년 12월 31일 기준으로 연차휴가일수를 통지했지."

"네. 16일이라고 하더라고요. 근데 좀 이상했어요. 생각보다 많이 줘서요. 출산휴가기간은 빼고 계산하는 게 아닌가 해서요. 저야 고맙지만요."

"아니. 그렇지 않아. 우리 사규에도 있는데 설명을 하자면, 출산휴가와 육아휴식은 수인 씨가 쉰 기간이라고 해도 연차는 정상적으로 발생해."

"아, 정말요?"

"응. 좋은 세상이지. 문재인 정부 때 육아휴직도 출근 간주되는 것으로 개정됐다고 자문 노무사님이 이야기하더라고."

"자. 그런데 수인 씨가 지금 복직했는데 연차사용기한이 1개월밖에 없네. 지금 12월이니까."

"네. 그럼 어떡하죠?"

"뭘 어떡해. 미사용수당으로 받거나 이월 사용하면 되지. 대신 이월에 대한 합의서를 작성해야 해서 나중에 내가 요청할 거야."

"네. 생각해보겠습니다. 긴급하게 연차가 필요할 때도 있을 것 같아서요."

"내 생각도 그래. 아이 키우려면 연차라는 총알이 필요할 거야. 돈이 아까워서가 아니라 육아할 때는 시간이라는 현물이 더 소중하다는 걸 경험상 알지."

"네. 일리 있는 말씀입니다."

"그리고 한 달 뒤인 2023년 12월 31일부로 발생하는 연차휴가도 육아휴직과 무관하게 정상적으로 발생할 거야. 수인 씨 근속이 하나 더 늘어서 17일 발생할 거야. 이 휴가는 내년에 쓸 수 있는데 이월된 휴가까지 하면 꽤 많을 거야."

"합산하면 30일이 넘을 수 있는데 괜찮으실까요?"

"아고, 괜찮다고 했잖아. 어차피 일을 시키면 돈으로 줘야 하는데 뭘. 잘 생각해서 결론만 이야기해줘. 어떤 선택이든지 수용할 의사가 있으니까."

"네. 이사님."

연차휴가일수 산정에 대한 출근간주 사례

출근을 하지 않아도, 즉 일을 하지 않아도 주어지는 임금들이 있다. 대표적인 것이 주휴수당과 연차수당[67]이다. 이와 유사하게 출근을 하지 않아도 출근으로「간주」하는 날들도 있는데 그중 가장 대표적인 유형이 출산전후휴가와 육아휴직이다.

근로자[68]인 여성이 출산을 하면 기본적으로 90일의 휴가[69]가 주어진다. 당연히 이 휴가와「일을 한다」는 사실은 상호 배반적이다. 즉 교집합이 있을 수 없다. 이는 육아휴직[70]도 마찬가지다. 육아휴직은 법에 따라 최대 1년까지 사용할 수 있다. 출산휴가 90일을 편의상 3개월이라고 하면 출산전후휴가와 육아휴직을「연속」하여 사용할 경우 1년 3개월, 즉 15개월간 일을 하지 않게 된다.

그럼에도 연차휴가 생성을 위한 출근율 산정 영역에서는 직장인을 배려하는 조치가 있다. 출산전후휴가와 육아휴직은 출근으로 간주된다. 만약 어떤 직장인이 특정 연도 1월 1일부터 12월 31일까지 1년 전부를 분할사용 없이 통으로 육아휴직을 사용하고 복직한 경우 실질적으로 일한 날은 0일이므로 연차휴가도 없어야 한다.[71] 그러나 이 기간은 출근으로 간주되기 때문에 연

---

67) 미사용 연차수당이 아닌 연차사용일에 기본급을 보장하는 유급수당을 의미한다.

68) 필자가 직장인이라는 용어 대신 근로자라는 용어를 쓴 것은 근로기준법상 근로자일 때 비로소 출신전후휴기를 사용할 수 있기 때문이다.

69) 단태아의 경우 90일이고 다태아의 경우 120일이다. 이에 대하여는 〈출산전후휴가〉 주제에서 상세하게 후술한다.

70) 분할사용 2회가 가능하고 영유아가 8세 이하 또는 초등학교 2학년 이하일 때 사용할 수 있다. 이에 대하여 〈육아휴직〉 주제에서 상세하게 후술한다.

71) 2018년 근로기준법 개정 이전에는 이러한 논리를 따랐다. 하지만 저출산 해소를 위해 1년까지의 육아휴직은 출근으로 간주되는 것으로 개정되었다.

차휴가는 근속연수 n년을 고려하여 정상적으로 생성[72]된다. 산업재해로 인한 요양기간도 동일하게 출근으로 간주된다.

상술한 출산휴가, 육아휴직, 산재요양기간은 비교적 그 기간이 길다는 공통점이 있다. 반면 그 기간이 짧더라도 출근으로 간주되는 기간이 있는데, 바로 연차휴가사용기간이다. 예를 들어 월화수목금 5일 동안 연차휴가를 사용했다고 하더라도 이 기간은 해당 연도 내에서 출근으로 간주된다. 또한 민방위 훈련, 예비군 훈련 기간도 출근으로 간주됨을 부언한다.

육아휴직에 대하여 다시 한번 정리해본다. 남녀고용평등법에서 정한 법정 육아휴직 1년은 출근으로 간주되지만, 1년을 초과하는 육아휴직(복리후생적 육아휴직)은 비례 계산하여 연차휴가일수를 산정한다. 1년 내내 육아휴직을 사용하여 연차휴가 그 자체를 물리적으로 사용하지 못한 경우라 하더라도 이는 사용자 귀책사유가 아니므로 원칙적으로 연차휴가는 소멸하고 미사용 연차휴가수당으로 전환된다.

---

72) 육아휴직은 특정 직장에서 6개월 이상 근속 시 사용할 수 있다. 따라서 입사일 이후 1년 이내에 육아휴직을 사용하는 경우 「독립연차」도 발생할 수 있다.

해고 후 복직했는데
지난 세월 내 연차휴가는?

#2023년 1월

미국의 호황으로 반도체 업체들이 굉장히 바쁘다. 주 52시간 근무로는 물량을 감당할 수 없어 탄력적 근로시간제를 통해 1주 64시간 근무체제로 전환되었다. 이종호 과장이 다니는 회사는 지난 2019년에 이미 2조 2교대에서 3조 2교대로 근무 형태를 변경했다.

"종호 과장, 내 자리로 잠시 와줄래요?"

업무 단톡방에서 문지방 이사가 종호를 호출했다. 종호는 물을 한 컵 마시고 문지방 이사의 방으로 갔다.

"이사님, 부르셨습니까?"

"어, 종호 과장. 이번에 생산 3팀 팀원에게 연차휴가를 허락했다면서?"

"네."

"자네 제정신이야? 지금 같은 비상 상황에서 웬 연차휴가? 지금은 전쟁이야 전쟁. 내가 있던 회사에서는 말이야. 이런 상황에서 연차휴가는 꿈도 못 꿔."

점령군 행세다. 그는 종호가 다니는 회사와 주거래 관계에 있는, 어쩌면 갑의 지위에 있는 회사에서 안 좋게 나온 것으로 안다. 우리 회사 사장을 구워삶았는지 갑 업체의 압력이 있었는지는 모르겠지만 낙하산처럼 두 달 전 종호네 회사로 왔다. 좋은 놈이든 나쁜 놈이든 누구나 허니문 기간은 있다. 처음에는 낮은 자세로 임할 것처럼 쇼를 하더니 한 달이 지나니 칼춤을 춘다. 본인 입맛에 맞지 않게 자문을 한다고 기존 노무법인과의 자문계약도 해지했고 회계 사무실도 갈아치웠다. 명분은 비용 절감이었다.

종호는 회사에서 지불해주는 노무법인과의 자문료를 복리후생으로 생각했다. 인터넷을 찾으면 원칙적인 정보만 나오기 마련이다. 개정 이전 정보도 수두룩하다. 그 시간을 아껴주고 전문지식을 배울 수 있기에 복리후생비라고 생각했던 것이다. 그런데 얼어 죽을 비용 절감이라는 명분으로 다 잘라버렸다. 그러더니 이제는 인사팀의 고유권한인 연차 승인 가지고도 뭐라고 한다.

"아, 그 사원은 그날 애인이 러시아에 간다고 해서요. 공항에 가봐야 한다고 하고, 딱 하루인데 그게 그렇게 잘못된 것인가요?"

"자네 지금 말대꾸하는 건가?"

"아니요. 상황을 설명드린 겁니다. 1명의 공백이 물량에 큰 지장을 주는 것도 아니잖습니까. 그 정도 여유 공간은 남기고 생산관리를 하고 있는 것으로 알고 있습니다."

"허허. 그럼 자네가 직접 경영을 하지 그래?"

"이사님의 정확한 업무 권한이 어디까지인지 솔직히 잘 모르겠습니다."

이날 이후로 종호는 문지방 이사에게 완전히 찍혔다. 종호 본인의 연차휴가도 총괄이사라는 명분으로 번번이 거절당했다. 연차휴가 관리 업무도 종호의 부하직원에게 이관시켰다. 주차장 자리도 기존에는 사무동 건물에서 가까운 A 주차장이었는데 공장 쪽 B 주차장으로 배정받았다. 저녁 8시도 훌쩍 넘은 시간에 단톡방에서 공개적으로 업무 관련 자료를 요청하고 당장 내일까지 해내라고 압박했다.

결국 인내심에 한계를 느낀 종호는 직장 내 괴롭힘으로 문지방 이사를 신고했다. 업무상 적정 범위를 넘어 정신적 · 신체적 고통을 안겨준 직장 내 괴롭힘으로 말이다.

예상대로 문지방 이사는 솜방망이 처벌을 받았다. 회사 내 조사위원회에서 직장 내 괴롭힘으로 인정했지만 인사위원회에서는 견책이라는 경징계만 내렸다.

#2023년 5월

권력을 그대로 유지한 문지방 이사는 오히려 이종호 과장을 인사위원회에 회부했다. 업무명령 불이행, 연차휴가 관리 불성실, 외근 시 퇴근 보고 미이행, 업무 회신 기한 불이행, 여직원에 대한 성희롱 등.

"이사님, 저 보고 나가란 이야기인가요?"

"아니, 나는 그냥 공식적으로 인사위원회 개최를 통보했을 뿐이야."

"갑자기 웬 성희롱이요? 피해자가 누굽니까? 도저히 받아들일 수 없는 이야기입니다."

종호는 너무 분하고 억울했다. 성희롱이라니? 여자 직원하고는 일대일로 회사 외부에서 만난 적도 없고, 팀 전체 회식 외에는 같이 술도 먹지 않았다.

"성희롱 사건이라 익명을 보장해 줘야 해. 종호 과장의 눈빛이 마음에 안 들었다는 정도만 이야기해주지."

'제기랄. 나랑 장난하나?'

"네. 일단 알겠습니다."

인사위원회에선 격론이 펼쳐졌다. 또래 집단과 어린 직원들 사이에서 덕망이 높은 걸로 유명한 이종호 과장이다. 연장자인 직원들과 종종 업무 추진방식에 대한 대립이 있었던 것은 맞지만 공적인 업무에 대해서만 논쟁이 있었을 뿐 사적인 이익을 추구하거나 터무니없는 언행을 한 적은 없다는 의견도 있었다. 하지만 답정너였다. 문지방 이사가 강하게 밀어붙인 이번 인사위원회에서 이종호 과장은 해고 처분되었다.

만정이 다 떨어졌다. 해고라니. 이종호 과장은 더럽고 치사해서 이직해야겠다고 결심했다. 구인 사이트에 원서를 올렸는데 동종 업계에서 러브콜이 꽤 들어왔다. 경력직 인사담당자 구인난이 심각한 상황인데 경력 5년 이상의 이종호 과장은 가장 인기 있는 경력군이었다.

하지만 이대로 이직하기에는 억울했다. 복수심까지는 아니었다. 누군가를 미워한다는 것도 얼마나 피곤한 일인가? 그보다는 명예 회복, 그렇다. 명예 회복을 하고 싶었다. 아무리 생각해도 해고는 인정할 수 없었다. 그리고 종호가 이대로 항복하고 나간다면 남아있는 사람들에게도 문지방 이사가 무소불위의 권력을 휘두를 것이 뻔

했다. 지금까지 5년이라는 시간 동안 주 1일 정도만 쉬고 업무에 집중했다. 물론 주 5일 출근했지만 토요일은 인사관리 관련 강의를 수강하기도 하고 책도 읽었다. 이번 기회에 재충전을 하면서 앞으로 어떻게 할지 고민할 예정이다.

#2023년 7월

"손창호 노무사님이시죠?"

"네. 이종호 과장님 아닙니까? 별고 없으시죠?

"네. 덕분에요."

"아, 혹시 저번에 조수민 노무사님이 이야기한 그 일 때문에 전화 주신 건가요?"

"네. 면목 없지만 그렇습니다."

"면목 없다니요. 어떤 방향으로 결심하셨는지요?"

"네. 부당해고 구제신청을 해볼까 합니다. 사무실로 한번 찾아 뵙고 싶은데요."

"네. 그러시죠. 지금은 휴가철이라 저희 사무실도 교차로 휴가를 가고 있습니다. 8월 초쯤 일정 어떠신지요?"

"네. 좋습니다. 다시 연락드리겠습니다."

#2023년 8월

종호는 홍대입구역 1번 출구에 내렸다. 젊음의 거리 홍대, 얼마만에 와보는 것이던가? 1989년생인 종호는 재수해서 09학번으로 대학에 입학했다. 군대 가기 전이던 2010년 인생의 전성기 시절, 소 싯적 연애하던 시절에는 이 동네를 거의 매일 왔다.

'아 건물들도 많이 생기고, 그때보다 더 화려해졌구나. 그녀는 잘 살고 있겠지?'

상담 약속 시각까지는 30분 정도가 남았다. 유동 인구가 가장 많은 9번 출구로 나가봤다. 익숙한 패스트푸드점은 그대로 있었다. 추억 놀이 삼아 홍대 정문까지 쭉 걸었다.

'내 나이도 어느덧 한국 나이로 35살이구나. 더 늦기 전에 나도 다시 공부를 해야겠다.'

지하철 내 스크린 도어에서 공인노무사 학원 광고를 보았다. 인사 팀 경력으로 도전할 가치가 있는 자격증은 뭐니 뭐니 해도 공인노무 사 자격증이다. 오늘 만날 노무법인 원의 대표가 예전에 유명 학원 강 사였다고 하니 해고 상담 이외에 수험에 대해서도 물어볼 생각이다.

"과장님. 어서 오세요. 저희 사무실에서는 처음 뵙습니다."

김우탁 노무사가 반갑게 맞이해주었다.

"네. 대표님 안녕하세요."

"제가 자문역으로 있었으면 오늘 상담을 정중하게 거절했을 거 예요. 다행히 올해 초 자문계약이 해지되었네요. 쌍방 대리는 성립 이 안됩니다."

"네. 제가 괜히 부담을 드리는 것은 아닌지요?"

"별말씀을요. 그 이사님이 주범이죠? 그분이 온 다음에 저도 바로 잘렸습니다. 자문 거래를 하다 보면 종종 있는 일입니다."

"아. 불쾌하시진 않았나요?"

"당황스럽긴 했죠. 회사 대표의 친인척이 오면 왕왕 그러더라고요. 저희가 제공하는 서비스가 눈에 보이지 않는 무형 아닙니까? 그런데 돈은 매월 나가고요. 더 저렴하게 제공할 수 있다는 경쟁자들도 있고요. 당장 눈에 보이는 비용 절감의 사냥감으로는 최고죠. 하하"

"다행인 건지 불행인 건지 그 덕분에 이렇게 편하게 만나게 됐습니다."

이종호 과장은 부당해고 구제신청을 할 결심을 이야기했고 김우탁 노무사는 대리인으로 조수민 노무사와 손창호 노무사를 배정했다. 둘은 구제신청 접수 후 이유서를 열심히 작성했고 회사 측도 노무사를 선임하였다. 3차례에 걸친 서면 공방이 끝나고 심문회의가 개최되었다. 심문회의 참석은 조수민 노무사가 맡았다.

2023년 10월

경기지방노동위원회는 수원시 영통동 수원종합청사에 위치하고 있었는데 신축건물이라 깨끗했다. 2시에 개최되는 심문회의라 조수민 노무사와 이종호 과장은 근처에서 조금 일찍 12시 30분에 만났다. 점심을 같이 먹고 심문회의 소요 시간, 예상되는 질문과 그 응답 내용을 다시 한번 점검했다.

"신청인 이종호 님?"

"네."

"그 대리인 조수민 노무사님?"

"네. 안녕하세요."

심문회의 위원장이 참석자를 호명하며 참석 여부를 확인했다. 회사 측에서는 인사부장과 노무사가 참석했다. 가운데 3명은 의결권을 가진 공익위원이었고 좌측에는 근로자 편을 들어주는 근로자위원, 우측에는 회사 편을 들어주는 사용자 위원이 앉아있었다.

치열한 공방이 오갔다. 회사 측은 취업규칙에 열거된 징계사유가 맞고 그 절차도 잘 지켰고 서면 통지까지 착실하게 진행했다고 항변했다.

공익위원 중 한 명이 회사 측에 질문했다.

"이종호 신청인이 재직 당시 생산 팀원의 연차휴가를 승인한 것이 발단이 된 것으로 보입니다. 회사가 바쁘면 시기변경권을 행사할 수 있는데 그냥 승인한 것에서 문지방 이사가 기분이 상한 것 같은데요. 맞나요?"

"그렇지 않습니다. 신청인은 평상시에도 업무명령을 잘 이행하지 않았고 외근 시 퇴근 보고도 잘 하지 않았습니다."

"다른 사람들에게도 퇴근 시 보고를 강제하나요? 또는 동일한 사례로 징계한 적이 있나요?"

"아니요. 아직은 그런 적은 없습니다."

"네. 그리고 신청인의 성희롱도 해고 사유에 있는데요. 피해자에 대한 조사를 하지 않았다고 신청인이 주장하고 있습니다. 맞나요? 만약 조사를 하지 않았다는 게 사실이라면 그 이유를 설명해주세요. 회사가 주장하는 피해자의 인적 사항은 빼고서라도 왜 조사를 안 했는지 그 이유만 설명해주세요.”

회사는 당황하는 기색이 역력했다. 약 40분 정도 진행되었을 때 위원장은 양측에 화해 의사가 있는지 물었다. 이종호 과장은 원직 복직을 원한다고 말했고 회사는 화해 의사가 없다고 했다. 3시에 다음 심문회의가 예정돼 있어 2시 50분경 종료됐다.

“노무사님. 수고하셨습니다. 승패를 떠나서 속이 후련하네요. 제 편들어줘서 감사합니다.”

“별말씀을요. 과장님이 고생 많았죠. 오늘 저녁 8시에 저에게 결과 문자가 올 거예요. 우리가 신청인이니까 우리가 이기면 인용, 우리가 지면 기각이라고 문자가 옵니다. 헷갈리실 수 있으니까 승소, 패소라고 생각하시면 돼요.”

조수민 노무사도 은근히 신경 쓰였다. 인사제도설계를 하는 컨설팅, 인사담당자를 대상으로 하는 강의는 승패가 없는 영역이다. 임금체불과 같은 고용노동지청 사건도 승패는 있지만 결론을 어느 정도 예상할 수 있다. 임금을 체불한 게 사실이라면 회사는 절대로 근로자를 이길 수 없다. 하지만 해고 사건은 다르다. 양 당사자에게 100% 유리한 것은 없다. 항상 51 대 49의 싸움이다. 운도 따라야 한다. 해고 서면을 쓰는 것은 책을 쓰는 것 못지않은 에너지를 요구한다. 적적함을 달래러 사무실 근처에서 치맥을 먹고 있었다. 8시다.

결과는 인용, 이종호 과장의 승리였다. 문자를 스크린샷 해서 바로 이종호 과장에게 전달하였다. 한 달 뒤에 판정문이 송달됐고 회사는 이행강제금이 부담되었는지 재심을 하지 않고 노동위원회의

결과에 승복했다.

2023년 12월

이종호 과장의 복직 첫날이다. 출근하는 길이 새롭다. 눈이 펑펑 쏟아지고 있었다. 오랜만에 먹어볼 구내식당 밥이 벌써부터 그리웠다.

"어이 종호! 복직 축하해."

해고 당시 재무팀장이었다가 현재 인사팀장으로 있는 정원석 팀장이 손을 들어 인사했다.

"아닙니다. 뭔가 낯설고 그러네요."

"곧 적응될 거야. 문지방 이사는 그만둔 거 알고 있지?"

"아 언제요?"

"어제부로 그만뒀어. 종호 일로 일단 개망신당했고, 대빵에게 엄청 깨졌다고 들었어. 무엇보다 다들 그 사람을 싫어했잖아. 처남 매형 관계여도 업무는 업무니까. 대빵도 돈값을 못하니까 바로 내치더라고."

"네. 그분이 있어도 그냥 다니려고 했는데요. 솔직히 안 계시는 게 더 편하긴 하죠."

"그래. 잘 됐지 뭐. 연말이니까 나랑 우리 직원들 연차휴가부터 카운트해야지? 종호 연차도 추려보고."

"본의 아니게 5월부터 11월까지 6개월을 비웠는데요?"

"그래도 연차는 생기잖니? 음……. 몇 개를 줘야 맞을까?"

김우탁 노무사의 특강 Vol.13

부당해고 구제신청과 복직 후 연차휴가

정당한 해고라면 직장인이 복직할 이유가 없다. 하지만 해고가 부당하다면 복직을 하는 것이 원칙이다. 해고부터 복직까지 짧게는 3개월, 길게는 몇 년이 걸릴 수 있다. 물리적으로 출근을 하지 않았음이 명백하지만 연차휴가 일수를 셈하는 데 있어 이 경우는 출근 간주일까? 아니면 비례 계산일까?

위 에피소드와 같이 지방노동위원회(1심) 판정만으로 복직되는 경우는 현실에서 흔치 않다. 지방노동위원회 판정에 불복하는 경우 (세종시에 위치한) 중앙노동위원회에 재심 신청을 할 수 있다. 중앙노동위원회의 판정에 불복하는 경우에는 행정소송을 제기할 수 있다. 해고일로부터 3개월 이내에 부당해고 구제신청을 할 경우 지방노동위원회에서 최소 2개월, 중앙노동위원회에서 최소 2개월이 소요된다. 이 기간만 벌써 7개월이다. 법원까지 사건을 끌고 가면 3년 이상의 기간이 소요될 수도 있다.

만약 해고가 부당한 것이라고 결정되는 경우(대법원 판결이 있거나 회사가 항소 등을 포기하는 경우) 직장인은 원직 복직과 동시에 해고 기간 동안의 임금 상당액을 받게 된다. 동시에 연차휴가일수와 미사용 연차수당도 산정해야 한다. 이 사안은 위 에피소드에서 제시한 2023년 5월 30일부로 해고되었다가 2023년 12월 1일부로 복직한 경우로 설명하겠다. 편의상 해고 기간을 6개월(6~11월)로, 연간 소정개월수는 12개월로 산정한다.

대법원 판례에 따르면 부당해고 후 복직한 경우 그 해고 기간은 출근으로 간주한다. 법정 육아휴직과 같이 출근으로 간주하므로 직장인의 근속연수(n)를 고려하여 정상적으로 연차휴가일수를 산정하면 된다. 출근으로 간주된다는 것은 부당해고를 겪은 지난 세월에 대해 연차휴가 미사용수당이 발생함을 의미한다. 이 중 임금채권 소멸시효가 완성되지 않은 연차수당을 청구할 수 있는 것이다.

반면 고용노동부 행정해석에 따르면 연차휴가일수는 비례 계산하여 산정한다. 직장인의 근속연수가 6년이라면 일반연차휴가는 17일이 발생하는데 부당해고 기간을 제외하면 나머지 소정개월수가 6개월이므로 $a = \dfrac{6}{12}$ 을 적용하면 8.5일의 연차휴가일수가 산정된다. 이러한 논리를 확대하면 부당해고 기간이 몇 년에 걸친 장기간인 경우 특정 연도는 $a = 0$ 이 될 수 있다.

연차휴가일수를
연차휴가시간으로

· 풀타임 직장인의 연차휴가일수와 시간은?
· 파트타임 직장인의 연차휴가일수와 시간은?
· 임신기 근로시간 단축 시 연차휴가일수와
  시간은?
· 임금피크제 시행 시 연차휴가일수와 시간은?
· 1주 15시간 미만과 이상을 번갈아가며 일하는
  경우 연차휴가일수는?

직장인들의 근로시간은 참으로 다양하다. 1일 8시간 이상 또는
1주 40시간 이상을 일하는 풀타임 직장인의 비율이 높지만 파
트타임 직장인도 적지 않다.

또한 임신과 임금피크제를 이유로 일시적으로 풀타임 직장인에
서 파트타임 직장인으로 변신하기도 한다. 이러한 경우 연차휴
가일수 대신 연차휴가 「시간」이라는 개념을 사용한다.

파트타임 직장인도
연차휴가를 보장받는다.

#2024년 8월

좋은 직장이다. 희봉이는 취업한 지 3개월밖에 되지 않았지만 취업규칙에서 규정한 여름휴가를 100% 보전받았다. 코로나19 이후 해외여행객이 폭증하면서 항공기 티켓값도 엄청 올랐다. 따라서 본래 계획했던 해외여행은 언감생심이다. 대신 국내에서 혜령이와 맛집 탐방을 하기로 했다.

혜령이는 서울시 산하 공공기관 인사팀에서 근무 중이다. 희봉이보다 짬밥이 3년 더 많다. 운명인 건지 희봉이도 인사부서로 발령이 났다. 인사부서 내 노무팀 소속이다. 희봉이가 다니는 회사는 제조업을 하고 있는데 사무직뿐만 아니라 교대제를 수행하는 생산직도 많다. 심지어 경비원도 직영으로 고용 중인 회사다.

혜령이는 오늘 반차 휴가를 냈다. 딱 4시간만 근무하고 오후 1시에 퇴근한다고 하여 희봉이는 을지로입구역으로 향했다. 종로는 서울을 동서로 가로지르는 한양의 메인 도로다. 조선시대에는 사람들이 구름같이 몰린다고 하여 운종가(雲從街)라고 불렸단다. 종각에는 종로라는 명칭이 유래된 멋진 보신각이 위치하고 있다.

4대문 안의 서울은 율곡로, 종로, 청계로, 을지로, 퇴계로라는 멋있는 동서의 길이 있다. 종로와 청계로는 보신각과 청계천에서 이름을 따왔고, 나머지는 위인의 호를 가져와서 이름을 붙였다. 동서의 길은 아니지만 이순신 장군에서 유래한 충무로도 있다. 평소 전철로만 이동하는 경우가 많아 지상 길을 걸어본 적이 생각보다 없었다. 오늘 희봉이는 일부러 을지로입구에서 내려 청계천과 관철동을 지나 종로 2가로 걸어갔다.

"오빠 왔어?"

"응. 평일 이 시간에 만나니 이상한데 좋네."

"그럼! 너무 배고프다."

"응. 좀 덥긴 하지만 걸을 수 있겠니?"

"그러자. 다행히 흐린 편이라 햇볕이 강하진 않네."

둘은 5년 차 연인이다. 희봉이가 제대하고 복학한 24살에 당시 새내기이던 네 살 터울의 혜령이를 만났다. 둘은 흔한 코스인 조모임에서 선배가 재직하는 회사로 탐방하는 역할을 담당했다. 집도 같은 방향이고 내성적인 성격이 비슷했는데 점점 대화의 양이 늘었다. 함께 밥도 먹고 술도 먹다가 자연스럽게 연인이 되었다.

"오빠. 근데 오늘 뭐 먹을 거야?"

"두 가지를 제시할 테니 혜령이가 고르자. 중식과 빈대떡 중."

"빈대떡이면 광장시장인 것 같고, 중식은 어디 봐둔 곳이 있어?"

"여기서 조금만 걸어가면 오구 반점이라고 있거든. 1953년부터 영업하는 곳이래. 아버지가 한번 가보라고 하더라고. 군만두가 맛있대.”

“역사와 전통을 자랑하는 곳이네. 가보자.”

둘 다 아침을 굶은지라 군만두가 꿀맛이었다. 짜장면과 짬뽕도 너무 맛있었다. 여름 낮에 맥주도 한잔 곁들였다.

“혜령아. 한 병 더 먹을까?”

“지금 몇 시인데 또 먹어? 저녁에 먹기로 하고 시원한 카페로 가자. 뭐 물어볼 것도 있고.”

청계천이 훤히 보이는 카페에 들어왔다. 평일 한창 일하는 시간 대라 자리는 비교적 넉넉했다. 인기 있는 창가 자리도 남아있었다. 희봉이는 아이스 아메리카노, 혜령이는 아이스 카페라테를 주문했다.

“오빠. 아는 노무사 있다고 했지? 저번에 이야기했잖아.”

“아. 창호 형이라고 자원봉사 활동하다가 알게 된 형 있어. 지금 2년 넘게 현직에서 열심히 일하고 있지. 근데 갑자기 노무사는 왜?”

“우리 기관과 계약된 분은 연락이 잘 안돼. 많은 사람들이 전화해서 그런 건지는 모르겠지만. 재작년부터 공공부문 일자리 창출 사업 때문에 파트타이머들이 엄청 늘었거든. 이 그룹은 한시적 일자리라서 연차휴가를 입사일 기준으로 적용해.”

“응.”

“이제 곧 만 1년이 돼서 연차휴가일수를 정리해야 하는데 요일별로 일하는 시간도 다르고, 계산법을 인터넷에서 찾아봐도 뭔 말인지도 모르겠더라고.”

"그렇구나. 저번에 사수가 경비원분들 연차휴가 산정하는 것을 어깨너머로 봤는데 복잡하긴 하더라."

"손창호 노무사님이랑 자리 마련해줄 수 있어?"

"그럼. 당연하지. 내가 전화해 볼게."

2024년 9월

희봉이와 혜령이는 홍대입구역 앞 투썸플레이스에서 손창호 노무사를 기다리고 있다. 손창호 노무사는 사무실로 오라고 했지만 저녁도 먹을 겸 밖에서 보자고 했다.

"희봉아. 나 이제 사무실에서 나왔는데 어디니?"

"네 형. 2번 출구 쪽 투썸에 있습니다."

"응. 그러면 내가 약도를 보내줄 테니까 참치 먹으러 가자. 참치 먹지?"

"그럼요. 없어서 못 먹죠. 혜령이도 참치 좋아합니다."

연트럴 파크가 있는 신흥 연남동 지역이 아닌 경성고등학교 가는 길목에 있는 전통적인 연남동 거리. 아기자기한 전통 상권이 있는 골목에 위치한 홍정기 참치. 오마카세 스타일로 7가지 이상의 참치와 초밥, 그리고 생선조림을 제공한다. 사무실 회식 때 이미 몇 번 갔기에 사장님이 창호를 알아보고 반긴다.

"사장님. 이따가 2명 더 올 거예요. 늘 주시던 메뉴로 부탁드립니다."

사장님은 늘 장인정신이 돋보이는 참치를 준비해 주신다.

"형. 오랜만입니다."

희봉이와 혜령이가 들어왔다.

"어. 희봉!"

"제 여자친구 혜령이입니다."

"아. 혜령 씨 반가워요. 이야기 많이 들었습니다."

"노무사님 처음 뵙겠습니다. 이혜령이라고 합니다."

"네. 시장하시죠? 방금 음식이 딱 나왔습니다. 일단 드시면서 이야기하시죠."

"네. 감사합니다."

넓은 테이블에서 여유 있게 식사를 한 후 혜령이는 가방에서 서류 뭉치를 꺼냈다.

"노무사님. 제가 오늘 질문이 있어서 오신 것 아시죠? 송구스럽지만 연차휴가 관련해서 몇 가지 여쭙겠습니다."

"네. 파트타임 연차휴가라고 희봉이가 이야기하던데요. 맞나요?"

"네. 맞아요. 이번 달 중간에 입사 1년이 된 사람들이 대거 있어요. 정확한 연차휴가일수 계산법이 궁금해요. 어떤 사람은 풀타임 근로자와 똑같이 15일이라고도 하고 어떤 사람은 10일이라고도 하고. 너무 헷갈려요."

"그렇군요. 충분히 헷갈릴 만하죠. 파트타이머의 연차휴가는 일수가 아니라 시간 수로 환산해야 합니다."

"시간이요? 잘 이해가……."

"저도 처음엔 이해가 안 됐습니다. 일하는 일수와 일자별 시간이 천차만별이어서 그렇습니다."

"그렇군요. 유튜브에서 보니 근로시간 비례 원칙이라고 하던데, 그게 맞는 건가요?"

"네. 맞습니다. 희봉이와 연을 맺은 곳이 복지관이었는데요. 당시 희봉이가 자원봉사를 왔었죠. 지금 생각하니 거기서 근무하던 분들 중 상당수가 파트타이머였더라고요."

"아 형. 그때 제가 고딩이었죠. 형은 멋진 대학생이었는데 이젠 엉클이 되었군요. 하하."

"엉클 맞지 뭐. 일단 참치부터 먹자. 금강산도 식후경 아니겠니?"

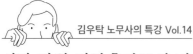
시간 단위 연차휴가로의 변신, 파트타이머

우리가 파트타이머라고 부르는 직장인의 공식 명칭은 단시간(短時間) 근로자이다. 말 그대로 근로시간이 짧은 사람이다. 파트타이머에게는 근로시간 비례 원칙이 적용된다. 1주 40시간을 일하는 풀타임 직장인이 기본급 400만 원을 받을 때 (다른 조건이 일정하다면) 1주 20시간을 일하는 파트타이머는 기본급 200만 원을 보장받는 것을 의미한다. 그렇다면 연차휴가일수(日數)도 비례적으로 조정되는 것일까?

결론을 먼저 제시하면 파트타이머의 연차휴가일수는 제각각이다. 일하는 요일과 요일별 일하는 시간에 따라 다르다. 1주 40시간, 주 5일을 일하는 풀타임 근로자는 1일에 8시간씩 평일에 일한다. 근속연수(n)가 1년이라고 하자. 독자들이 이미 알고 있듯이 연차휴가일수는 15일이다. 1일에 8시간을 일하는 직장인이라면 연차휴가를 갈 때 1일 8시간의 연차휴가「시간」을 사용하는 셈이다. 이를 15일과 연계하면 연간 120시간(=8시간/일×15일/연)이라는 시간 수로 환산되는 것이다. 120시간에 대하여 연차휴가 1회당 8시간씩을 사용하므로 그 일수는 다시 15일이 된다.

이러한 원리를 이용하여 파트타이머의 연차휴가시간을 산정한다. 그런데 문제는 일별(日別) 일하는 시간이 다르다는 점이다. 파트타이머 A는 월요일부터 금요일까지 5일간 매일 4시간씩 일하고 다른 파트타이머 B는 월요일 8시간, 수요일 8시간, 금요일 4시간을 일할 수 있다(이 경우 화요일과 목요일은 비번일이다). 이렇듯 업무시간이 다양하기에 일별(日別) 접근은 비효율적이다. 이에 주간 소정근로시간을 기준으로 근로시간 비례 원칙을 적용한다. 1주 20시간의 소정근로시간을 1주 40시간으로 나누면 근로시간 비례치(b)가 0.5로 도출된다. 만약 이 파트타이머의 근속연수가 1년이라면 120시간에 비례치(b) 0.5를 곱해 연간 60시간의 연차휴가시간이 확정된다.

연간 60시간의 연차휴가시간을 사용할 수 있다는 것은 명확하다. 파트타이머 A는 1일당 소정근로시간이 4시간으로 균등하므로 60시간에서 15일의 연차휴가를 쓸 수 있다. 반면 파트타이머 B는 연차휴가를 어떤 날 사용하는지에 따라 그 일수가 달라진다. 8시간을 일하기로 한 날에만 사용한다면 7.5일(=60시간÷8시간/일)을 사용할 것이고 4시간을 일하기로 한 날에만 사용한다면 15일을 사용할 수 있다. 물론 8시간 또는 4시간을 일하기로 한 날에 혼합하여 사용하는 것도 가능하다. 다만 동일한 근속연수를 가진 풀타임 근로자의 연차휴가일수를 초과할 수는 없다.

이와 같이 파트타이머의 연차휴가는 시간 단위로 산정한다. 마치 연차휴가라는 계좌에 연차휴가시간이라는 총액을 입금하고 1회의 연차휴가를 쓸 경우 그날의 소정근로시간만큼 시간을 인출하는 것과 같다.

풀타임과 파트타임이 섞이면?

#2024년 6월

　여름의 초입인 6월이다. 낮 기온이 점점 오르더니 이제 30도에 육박한다. 곧 북태평양 기단과 오호츠크해 기단의 싸움인 장마가 시작될 것이다. 정민이는 엄마와 이모와 함께 남대문 시장에 나왔다. 정민이의 엄마 박미희는 큰딸 정희의 아들, 그녀의 손자의 육아를 도와주고 있다.

　"이모! 엄마랑 오랜만에 보는 거지?"

　"응. 맞아. 정희가 애 낳기 전에는 자주 봤었는데. 이제는 너희 엄마가 너무 바쁘구나."

　"엄마 오늘 뭐 먹고 싶어? 갈치 조림 사줄까?"

　"좋지. 이모랑 간만에 셋이 먹는 거구나."

　박미희 그리고 박진희. 둘은 연년생이다. 1967년생, 1968년생으로서 한 살 차이다. 박미희는 23살에 결혼해서 정희와 정민이를 낳고 전업주부로 살았다. 반면 박진희는 남자가 득실대는 공대로 진학했다. 화학공학을 전공하고 현재 공공기관 연구원으로 재직 중이다. 만 나이로 56세가 되었고 하반기부터 임금피크제가 적용될 예정이다.

　"정민이는 좋겠다. 임금피크제 같은 거 신경 안 써도 돼서."

"에궁. 이모! 내 나이가 몇 살인데 임금피크제야?"

"너도 33살 아니니? 시간 금방 간다."

"어휴. 징그러워. 이모는 언제부터 임금피크제에 들어가?"

"하반기 시작인 다음 달부터 들어간다. 월급 깎이는 것은 둘째 치고 나도 이제 임금피크제를 적용받는다는 게 서럽구나."

"그러게. 근데 임금이 얼마나 깎이는데?"

"임금피크제 형태에 따라 달라. 풀타임 유지하면 점진적으로 20%까지, 파트타임으로 조정하면 40%까지 감액해."

"그럼 이모는 어떤 형태를 선택하게?"

"고민 많이 했는데 파트타임 형태로 선택하려고. 매일 나갈 필요는 없고 주 3일, 주 24시간만 나오면 된대. 나머지 이틀은 학원도 다니고 창업 준비를 해볼까 해."

"주 5일에서 주 3일로 조정하면 60%까지 감액하는 게 심히 불합리하진 않은 것 같네."

"그래. 절대 소득은 내려가는데 시간당 소득은 사실상 동결인거지. 합리적인 것 같아."

"그럼 7월부터 바로 주 3일로 하는 거야?"

"응. 요일도 선택 가능한데, 월요일부터 수요일까지 3일 동안 일하려고."

"와우! 그러면 목,금은 이모 마음대로? 좋네."

"그렇지. 근데 내가 파트타임으로 조정돼서 내년도에 쓸 수 있는 연차휴가일수도 삭감되는 게 아닌지 몰라."

"창호 오빠에게 물어볼까?"

"그래. 시간 될 때 창호에게 물어봐 줘. 인사팀에 물어볼 거긴 한데 나도 어느 정도는 알고 물어보는 게 좋을 것 같아."

2024년 7월

박진희 부장은 이번 달부터 근로시간단축형 임금피크제를 적용받고 있다. 임금피크제 규정상 56세 하반기부터 59세 상반기까지만 3년간 시행하고 59세 하반기는 공로연수 기간으로써 출근 의무가 면제된다. 같은 부서에 근무하는 유다영 과장도 유치원생인 딸 때문에 육아기 근로시간 단축을 고민 중이다.

"부장님. 목, 금을 쉬시니 수요일에는 비교적 마음이 편하시겠어요"

"마음은 편하지. 근데 월급이 하향 조정돼서 지갑은 가볍네. 하하."

"네. 그런데 여쭤볼 게 하나 있어요."

"뭐? 이야기해봐."

"제 딸이 유치원에 들어갔는데요. 하원 시간이 요일마다 달라서 누군가 돌봐줘야 해요. 저도 일하는 시간을 좀 줄여볼까 해서요."

"아이가 유치원에 매일 가니?"

"월화수목 이렇게 주 4일을 가요. 가장 빨리 끝나는 날은 3시 정도입니다."

"음. 그러면 빨리 끝나는 날에는 2시쯤 퇴근해야겠네."

"네."

"내가 이사님에게 이야기할게. 요일별로 퇴근 시간을 탄력적으로 정해야 할 것 같아. 금요일도 시간을 줄여야 하지 않겠어? 퇴근 시간에 차 엄청 막히잖아."

"네. 맞아요."

"내가 임금피크제를 적용받다 보니까 일자별로 출퇴근시간도 중요한데 결국은 1주 몇 시간으로 조정하는지가 핵심이더라고."

유다영 과장은 8월부터 육아기 근로시간 단축에 들어가기로 했다. 월요일과 화요일은 5시간씩, 수요일과 목요일은 4시간씩, 금요일은 6시간으로 해서 1주 24시간 근로 형태로 새로이 근로계약서를 작성했다. 일단 6개월간 이렇게 해보려 한다.

#2024년 9월

"정민아. 이번 달 직장 내 괴롭힘 신고 2건이나 들어왔더라?"

"네. 팀장님. 요즘 들어 우리 노무팀에게 갑질하고 직괴 신고하는 건수가 증가하는 추세네요."

"2건 내용 살펴봤니?"

"네. 한 건은 직괴 조사를 해봐야 할 것 같아요. 공무직으로 종사하는 분인데 부서장이 본인만 유독 연차휴가를 못 쓰게 한다고 신고했어요."

"뭔가 사정이 있는 거니?"

"글쎄요. 현재로서는 잘 모르겠습니다. 뭔가 사정이 있는 것 같기도 하고요. 일단 조사위원회를 꾸려서 진행하겠습니다."

"두 번째는 어떤 건이니?"

"네. 임신한 분이 근로시간 단축 청구를 했는데 상급자가 거절했다고 해요. 부서가 매우 바빠서 4주 후에 쓰라고 했나 봐요."

"가능한 상황이니?"

"아니요. 노무사님에게 물어보니 임신 12주 이내 또는 36주 이후라면 무조건 1일 2시간을 단축시켜야 한 대요. 예외는 없다고 합니다."

"파트타임으로 일시적으로 전환시키는 거네."

"네. 맞습니다. 다만 임금 삭감은 안된다고 합니다."

"예비 엄마에게는 좋은 제도네."

"네. 따라서 이 부분은 직괴 조사 없이 해당 부서에 즉시 시정 조치했습니다. 부서장이 사과하고 신고자가 신고를 취소하는 방향으로 정리될 것 같습니다."

"다행이네. 무지로 인해 그런 것이니 서로 이해하는 방향으로 정리하도록 하자."

김우탁 노무사의 특강 Vol.15

풀타임과 파트타임의 혼재

지금까지 필자가 설명한 연차휴가일수와 연차휴가시간은 1년 내내 풀타임 또는 파트타임 형태로 근무하는 것을 가정한 것이다. 하지만 위 에피소드와 같이 임신기 근로시간 단축, 육아기 근로시간 단축, 근로시간 단축형 임금피크제 등 연중(年中)에 파트타이머로 전환되는 경우도 많다.

근로시간 단축형 임금피크제 사례로 설명한다. 한 직장에서 오랜 기간 근무한 경우 일반연차휴가는 그 한도인 25일에 해당할 것이다. 풀타임 직장인의 경우 25일에 8시간을 곱한 200시간의 연차휴가시간이 도출된다. 물론 1년 내내 풀타임으로 근무했다고 가정했을 때의 시간이다.

하지만 이와 다르게 22년 이상 근속한 직장인이 1주 24시간으로 소정근로시간이 조정되었고 이 조정이 1년 내내 지속되었다고 가정하자. 그렇다면 근로시간 비례원칙상 연차휴가시간은 120시간 (= 200 시간 $\times \frac{24}{40}$)으로 조정될 것이다. 그런데 어떤 해 상반기는 풀타임으로, 하반기는 파트타이머로 일할 경우에는 이른바 가중평균을 사용한다.[73] 위 사례에서 도출되는 연차휴가시간은 다음과 같다.

$$200 \text{ 시간} \times \frac{6월}{12월} + 12 \text{ 시간} \times \frac{6월}{12월} = 160 \text{ 시간}$$

---

73) 편의상 월수(月數)를 기준으로 설명하는데 연중·월중에 근로시간이 변경되는 경우에는 일수(日數) 기준으로 가중평균해야 한다.

이와 같이 도출된 160시간을 이듬해 연차휴가시간으로 부여하고 휴가를 사용하는 날의 소정근로시간만큼 차감하는 형태로 연차휴가시간을 관리하면 된다. 어떠한 형태든지 간에 근로시간이 「단축 또는 조정」되는 경우 재직기간 대비 각 근로시간이 유지되는 기간의 비중을 가중하여 평균치를 계산하는 것이다.

초단시간 근로자가 뭐야?

#2023년 8월

영수는 한숨이 나온다. 건물주가 다녀갔다. 위대한 건물주는 다다음 달부터 임대료를 10% 인상, 관리비는 정액으로 20만 원 인상을 선언했다. 또 뉴스가 나온다. 내년도 최저임금 1.5% 인상. 인상률은 크지 않지만 시급으로 9,860원. 내후년은 1만 원 돌파가 확실해 보인다. 카페 점주가 모인 오픈 카톡방에 들어가 봤다.

"어휴. 죽으라는 소리네요."

"제가 고용 창출하려고 사업하나요?"

"사업자 규모에 따라 차등적으로 정해주면 안 되나요? 대기업이나 소상공인이나 똑같은 최저임금이라니요."

"업무 쪼개기가 가능할까요?"

언론에서 본 단골 멘트가 등장한다. 영수도 별별 짓을 다 해봤다. 1주 소정근로시간을 15시간 미만으로 정하는 초단시간 근로자로 아르바이트를 뽑는 것까지 말이다. 유튜브를 통해 찾아본 초단시간 근로자는 주휴수당과 연차휴가 그리고 퇴직금을 보장해주지 않아도 된다. 사업주에게는 매우 매력적인 조건이다. 하지만 사람 일이 무 자르듯이 간단하게 해결되지는 않는다. 아무래도 아르바이생들은 대부분 대학생이다 보니 이직률이 매우 높다. 사직 의사를 미리 이야기해주면 그나마 양반이다. 미안한 건지 쑥스러운 것인지 그냥 본인의 스타일인지 모르지만 갑자기 잠수를 타는 경우도 허다하다.

처음에는 영수가 직접 몸빵을 했다. 그런데 영수도 개인생활이 있다. 그러다 보니 기존에 근무하던 초단시간 아르바이트생에게 추가 근무 요청을 할 수밖에 없다. 그러다 이게 고착화되면 그는 더 이상 초단시간 아르바이트생이 아니다. 그냥 단시간 아르바이트생이 된다. 그런데 반대의 경우도 있다. 단시간 아르바이트생이 학업을 이유로 초단시간 아르바이트생으로 변신시켜 달라고 하기도 한다. 정신없이 임기응변으로 대처하다 보니 초단시간과 단시간 경계를 왔다 갔다 하는 아르바이트생이 2명이나 된다. 성실한 학생이기에 이들에게 꼼수를 부릴 생각은 없다.

#2023년 10월

마두역에서 3호선을 타고 대곡역에서 경의중앙선으로 갈아탔다. 20여 분 후 홍대입구역에 도착했다. 조카뻘되는 젊은이들의 천국이다. 중학교 때부터 절친인 김우탁 노무사를 만나러 왔다. 김우탁 노무사는 영수가 좋아하는 초밥집으로 안내했다.

"사업 어렵지?"

"응. 그렇네. 아주 아주 어렵네. 괜히 시작한 것 같기도 하고."

"이젠 못 먹어도 고고해야지."

"못 먹으면 접어야지. 뭔 소리야."

"원론적인 이야기지만 매출 증대가 핵심이야. 차별화된 식음료 개발해서 입소문 타게 해."

"꼭 카페 운영해본 것처럼 이야기하네? 허허. 저가 커피 브랜드 카페가 많아져서 걱정이야."

"뭐 돈 버는 원리는 다 비슷하지 않겠어? 매출 증대와 비용 절감 2가지 밖에 더 있겠어. 단순히 커피 말고 북카페 콘셉트로 마니아들을 모으는 방향도 생각해 봐. 영수 너 책 좋아하잖아."

"그러게. 무협지 버전의 카페라도 만들어야 할까? 음, 임대료와 인건비는 계속 오르고 내가 통제할 수도 없으니 매출밖에 답이 없긴 하지. 그나저나 하나만 물어보자."

"아르바이트생 때문에?"

"응. 인터넷으로 노무사들이 올린 글과 영상을 몇 개 봤어. 초단시간 근로자와 그냥 단시간 근로자를 오갈 때 연차휴가가 생기는 거야? 안 생기는 거야? 몇 번을 봐도 잘 모르겠더라고."

"초단시간 아르바이트생의 경우 월급은 적은데 노무 관리는 가장 복잡하지. 그래서 대충 대충하는 측면이 많아. 일단은 초단시간 아르바이트생이 1년 동안 평균적으로 1주 15시간 이상을 일했는지를 체크해야 해. 어떤 주는 20시간, 어떤 주는 14시간 이럴 수 있잖아."

"52주 동안 소정근로시간을 합산하여 평균을 구하는 것인가?"

"맞아. 1단계는 이 평균이 15시간 이상일 때 연차휴가가 발생한다는 거지."

"아, 근데 왜 하필이면 1년이야?"

"연차(年次)니까!"

"아. 맞네."

연차휴가 계산의 끝판왕! 단시간과 초단시간의 혼재

순수한 초단시간 근로자(1주 소정근로시간이 15시간 미만인 근로자)라면 연차휴가 규정은 적용되지 않는다. 그런데 아르바이트 노동시장에는 동일한 직장인임에도 초단시간 근로자와 단시간 근로자 형태가 혼재된 경우가 많다. 이러한 경우 이들은 초단시간 근로자일까? 일반 단시간 근로자일까?

일반연차에 국한하여 설명하면 연차휴가는 1년마다 발생하므로 초단시간 직장인지 여부를 판단하기 위해 1년이라는 단위 기간을 상정한다. 1년은 52주로 구성되므로 52주 동안 주별 소정근로시간을 합산하여 연간 소정근로시간을 구한다. 이 연간 소정근로시간을 다시 52주로 나눈 결과가 15시간 이상의 값이 나올 때 비로소 연차휴가가 발생한다.

1주 평균 소정근로시간이 딱 15시간이라면 단시간 근로자의 연차휴가 산정을 위한 비례치(b)의 값은 ($\frac{15}{40}$)가 될 것이다.

여기서 한 가지 주의할 점이 있다. <비례 연차>에서 설명한 비례가중치 값을 적용할 수도 있다. 1주 평균 소정근로시간은 15시간 이상이지만 연간 52주 중 15시간 이상인 주(週)의 비율이 80% 이상일 때는 일반 단시간 근로자처럼 연차휴가를 계산한다.

반대로 이 비율이 80% 미만이라면 단시간 근로자로서 산정한 연차휴가에 비례가중치 값을 곱하여 한 번 더 조정한다. 이때 a 값은 다음과 같이 산정한다.

$$a = \frac{15시간\ 이상인\ 주\ -\ 15시간\ 미만인\ 주}{연간주수}$$

1년간 1주 평균 근무 시간이 15시간 이상인 경우 상태적으로 15시간 이상의 일반 단시간 근로자로 해석하되 1주 15시간 미만인 경우에는 출근율에서 제외하는 것으로 해석한다. 그러나 여전히 상태적으로 1주 15시간 이상이기에 연차휴가를 완전히 배제할 수는 없다. 따라서 15시간 이상인 주의 비율이 8할 미만인 경우 비례연차처럼 비례가중치(a)를 적용한다.

연차휴가의 다양한 응용

- 연차휴가수당은 과세급여일까?
- 연차휴가수당도 최저임금 범위에 산입될까?
- 퇴직금 산정할 때 연차휴가수당이 포함될까?
- 촉탁직의 연차휴가는 리셋되는 것일까?
- 파견근로자의 연차휴가는 누가 책임질까?
- 사용촉진하면 나의 연차휴가수당은?
- 내가 청구하는 연차휴가의 사용 시기를 회사가 바꿀 수 있을까?
- 연차휴가를 다른 근무일과 대체 사용할 수 있을까?

연차휴가는 일수로 결정되는 것이 일반적이지만 시간으로 결정되기도 한다. 사용기간이 경과하면 연차휴가수당으로 변신한다. 현물과 현금 사이를 오가는 연차휴가는 과세의 대상이기도 하고 퇴직금 산정에도 반영된다.

또한 직장인의 의지와 관계없이 사용자가 연차 사용을 촉진할 수 있고 일정한 요건을 갖춘 경우 사용 시기를 변경할 수도 있다.

촉탁직과 파견직의 경우 연차휴가에 대한 접근은 일반 직장인과 다르다.

과세급여로서의 연차휴가수당
그리고 최저임금 산입범위

#2024년 12월

마지막으로 책상에 있는 탁상 달력을 접었다. 눈가가 촉촉해진다. 30년 넘게 근무한 세월이 주마등처럼 머릿속을 스쳐 지나간다. 지금은 용인될 수 없는 입사 시기의 권위적인 기업문화. 그때는 괴로웠는데 지금 생각하니 그때 김재훈 부장은 20대였다. 참으로 젊었다. 수줍은 마음으로 선자리에서 와이프를 만났던 시절, 희봉이가 태어나던 날 조퇴한 후 산부인과로 총알택시를 타고 가던 뜨거운 마음, 과장으로 승진해서 관리자가 되던 그날, 임원 승진에 탈락하여 회사를 그만두려 했던 그날.

'안 올 줄 알았는데······ 내가 진짜로 퇴직하는 날이 왔구나.'

펑펑!!

김석민 차장이 과장들과 대리들을 이끌고 폭죽을 터뜨리며 케이크를 들고 왔다.

"부장님! 30년간 개고생하셨습니다!!"

짝짝짝 하는 우레와 같은 박수 소리가 터진다. 눈물이 흐르려하지만 김재훈 부장은 쪽팔려서 울 수가 없다. 떨리는 목소리로 말했다.

"아, 여러분 쑥스럽고 너무도 고맙습니다. 덕분에 즐겁게 직장 생활하고 퇴직합니다. 우리 생산 1팀 지금처럼 잘 단합해서 즐거운 일터를 계속 유지했으면 합니다."

김석민 차장이 자리를 정리하고 김재훈 부장에게 따로 이야기하자고 했다.

"부장님. 오늘부로 공식적으로 정년퇴직을 하시는군요."

"그렇지……."

"빠르면 내년 1월 중순 이후부터 다시 뵐 수 있을 것 같습니다."

"무슨 말이야?"

"이사님 방으로 가보세요. 부장님의 인덕과 노하우가 아직은 필요한가 봅니다. 아까 오전에 결정된 따끈따끈한 소식입니다. 감축드려요."

"내가 촉탁직으로 근무할 수 있다는 말이야? 전혀 언질이 없었는데?"

"네. 사실 촉탁직은 회사의 의무는 아니잖아요. 우리 생산 1팀 사람들이 선배님을 강력히 원했거든요. 제가 진두지휘하기에는 경험도 부족하고요."

"아. 전혀 생각도 못 했는데."

"다 선배님 능력이죠. 임원 승진 안 된 것이 잘 된 것 같습니다. 이사님이랑 구체적인 조건을 이야기해보세요."

"음. 그래."

"아마 부장님의 이번 달 월급과 퇴직연차수당, 부장님의 새로운 직책과 연봉, 우리 생산 1팀 신입 사원의 월급 수준의 적정성 등에 대해 이야기하실 듯합니다."

김재훈 부장은 슬프다가 갑자기 당황스러워졌다.

'아, 괜히 울었네.'

김 부장은 제2의 인생을 열기 위해 이사 집무실로 터벅터벅 걸어 들어갔다.

연차휴가수당은 임금이면서 근로소득이다.

연차휴가수당은 연차휴가라는 현물이 기한 내 사용되지 않아 파생적으로 발생하는 수당이다. 기본적으로 이는 근로의 대가인 근로기준법상 임금으로 해석한다. 따라서 당연히 소득세법상 근로소득에 해당한다.

「근로기준법상 임금」이라는 전문용어가 있다. 근로기준법에서는 '임금'을 사용자가 근로자에게 근로의 대가로 제공하는 임금, 봉급, 그 밖의 모든 금품으로 정의하고 있다. 연차휴가수당은 근로의 대가일까? 쉬지 못하여 남은 연차휴가에 대한 보상이니 근로의 대가가 아니라고 할 수도 있다. 하지만 연차휴가 그 자체를 얻기 위해 직장인은 출근율 80% 이상을 달성하면서 전투적으로 일했다. 따라서 연차휴가는 이에 따른 전리품으로써 획득한 것이다. 따라서 남은 연차휴가에 대한 보상을 받은 것은 임금에 해당한다.

모든 임금에는 과세가 이루어진다. 임금은 소득세법상 근로소득에 해당하므로 근로소득세가 부과된다. 그런데 우리나라의 소득세는 이른바 누진세이다. 소득이 높을수록 평균세율이 높아진다. 특히 1년에 한 번 보상이 이루어지는 경영성과급이나 연차휴가수당은 (이미 월급이 누적된 연간 소득에 부가하여 지급되므로) 누진세 중 한계세율의 적용을 받게 될 가능성이 크다. 이는 연차휴가수당이 100 수준이더라도 실제로 손에 쥐는 소득은 100 수준에서 팍팍 떨어질 가능성이 큼을 의미한다.

연차휴가수당이 근로소득 과세되는 것으로 인해 발생하는 부가적인 추가 징수가 또 있다. 바로, 4대보험료 공제이다. 특별한 경우를 제외하고 4대보험료는 소득세법상 과세급여(비과세 소득은 제외함을 의미)이므로 연차휴가수당에 대해서도 고용보험료 · 건강보험료(요양보험료 포함) · 국민연금보험료[74]가 부과[75]된다.

마지막으로 연차휴가수당과 최저임금 간의 관계를 살펴보자. 최저임금은 최저가격제의 한 유형으로써 국가가 강제하는 최저한의 소득수준을 의미한다. 모든 근로 형태(시급제 · 주급제 · 월급제 · 연봉제)에 대하여 일정 기간의 소득을 시간 수로 나눈 후 시급으로 환산하여 최저임금 위반 여부를 판단한다.

　　여기서 「일정 기간의 소득」에 포함되는 것을 「최저임금에 산입」된다고 한다. 그런데 본 특강의 주제인 연차휴가수당은 최저임금에 산입되지 않는다. 이는 연차휴가수당을 제외한 어떤 임금 군(窘)(예를 들어 기본급)을 대상으로 최저임금 위반 여부를 판단함을 의미한다. 더 쉽게 설명하면 회사가 연차휴가수당을 아무리 많이 지급했다고 하더라도 이를 이유로 최저임금법을 잘 지켰다고 주장할 수 「없음」을 의미한다.

---

74) 국민연금 보험료는 계속 근무자에 한하여 다음 해 7월에 조정된 보험료가 적용된다.
75) 산재보험료는 사업주가 전액(全額) 부담하므로 월급에서 공제하지 않는다.

연차휴가수당과 퇴직금 산정

#2023년 7월

"해보고 싶은 게 있어서요. 더 늦기 전에 해보려고 합니다."

중견 세무법인의 대표인 박성진 세무사는 근무 세무사 정영민을 만류하고 있다.

"조금 더 배우고 나가는 게 어떻겠니? 사업이라는 거 결코 만만치 않아."

2년 5개월을 근무 세무사로 있던 정영민 세무사가 퇴사를 선언했다. 에이스 세무사를 잃어버리는 좌절감도 있지만 아직은 세무사 업무 전반을 완성한 주체가 아니기에 박성진 세무사는 정 세무사를 진심으로 만류하였다. 다시 한번 설득하였다.

"기장만 가지고 먹고 사는 게 아니야. 영업선도 확보해야 해. 막 영업도 영업이라면 영업이지만 얼마나 서러운지 아니?"

"대표님이 싫어서 나가는 게 아니에요. 오해는 하지 않으셨으면 합니다. 걱정해주시는 마음은 고맙게 받겠습니다."

"내가 너를 착취하려고 그러는 게 아니야. 아직 상속세나 양도세도 안 해봤는데 너무 일러."

"네. 동기들도 그렇게 이야기하더라고요."

"진짜 이유가 뭐니?"

"죽이 되든 밥이 되든 제 계정 아래에서 세무사 업을 해보고 싶습니다. 그 열망을 스스로도 주체할 수가 없습니다."

"그래. 너의 의지가 그러하다면 더 이상 말리지 않을게."

"네."

"자 그러면 이제 출구전략으로 가자. 일단 여기서 일했던 대가는 싹 정리해야지. 월급은 당연히 지급되는 거고. 종합소득세 신고분 인센티브는 약속한 비율로 정산할게."

"네."

"영민이가 여기서 일한 지 2년 5개월 되었으니 그동안 쓴 연차휴가를 뺀 나머지 연차휴가에 대한 수당도 정산해야지."

"네."

"퇴직금은 확정급여형(DB형)이니까 정산 후에 개인퇴직연금(IRP)으로 이관할게. 퇴직소득세 이연되는 것은 알고 있을 테고."

"네. 맞습니다."

"잔여 연차수당 중 어떤 부분이 퇴직금 산정에 포함되는지는 저번에 김우탁 노무사에게 들었는데 정확히 기억이 안 난다."

"네. 천천히 확인해주세요."

"그래. 다시 한번 물어보고 정산 내역을 알려주도록 할게."

"네."

"근데 세무사 업계를 떠나려는 것은 아니지? 나한테까지 이직 사유를 숨길 이유가 있니?"

"아니요. 사실은 스타트업 회사에서 스카우트 제의를 받았습니다."

"아, 그랬구나. 주식은 받으면서 가는 거니?"

"네."

"그래. 그렇다면 차라리 내 마음이 편하구나. 더 이상 묻지 않을게. 남은 기간 동안 인수인계를 성실히 해주었으면 한다."

"그럼요. 후임자 올 때까지 이직하지 않겠습니다."

"아니야. 길어야 한 달이지. 바로 채용공고 올리도록 하마. 솔직하게 이야기해줘서 고맙다."

"면목 없습니다."

"무슨 말이야? 너도 세무사고 나도 세무사야. 영원히 내 곁에 있을 것이라고 생각한 적은 없어. 둥지를 떠날 때가 당연히 올 것이라고 생각했어. 다만 날갯짓을 확실히 배운 후에 더 넓은 세상으로 가길 바랐을 뿐이야."

"네. 말씀 감사해요."

"뭘. 이제 앞으로 가야 할 길은 정리되었으니 남은 기간 서로 편하게 일하자."

김우탁 노무사의 특강 Vol.18

연차수당은 퇴직금에 반영될까?

퇴직금 제도는 크게 3가지가 있다. 첫째, 사내에 유보된 퇴직금 제도이다. 이는 법정 퇴직금 제도라고 불리는데 퇴직연금 시행 이전 우리가 알고 있는 전통적인 퇴직금 제도이다. 퇴직 이전 3개월 임금을 기준으로 평균임금을 산정하고 이 평균임금의 30일분 이상을 1년분 퇴직금으로 정하는 방식이다.

둘째, 퇴직연금 중 확정급여형(DB형)이다. 이는 전통적인 퇴직금을 보장하는 제도로써 퇴직 시 퇴직연금액이 확정된다는 특징이 있다. 퇴직일 이전 3개월간 임금총액을 그 기간의 총 일수로 나누어 평균임금을 산정하고 이 평균임금의 30일분 이상을 1년간 퇴직금으로 설정하는 제도이다.

셋째, 퇴직연금 중 확정기여형(DC형)이다. 연간 임금총액의 12분의 1 이상을 사외에 적립하는 제도로써 투자수익률이 직장인에게 귀속된다는 특징이 있다. 중도인출이 확정급여형보다 상대적으로 자유롭다는 특징이 있다.

지금부터는 연차휴가수당으로 시점을 바꿔서 설명하도록 한다. 전통적인 퇴직금과 확정급여형(DB형)의 경우 퇴직일 「이전 3개월」이 핵심이다. 위 에피소드와 같이 2년 5개월을 근무한 경우 (연차휴가를 한 번도 사용하지 않았다고 가정하면) 누적된 연차휴가일수는 41일[76]이다. 여기서 만 2년을 근속해서 발생한 15일의 연차휴가는 해당 직장인이 퇴직하지 않았다면 휴가라는 현물로 사용할 수 있었다. 그런데 퇴직이라는 예외 사유가 발생함으로써 퇴직연차수당(미사용 연차수당의 부분집합)으로 전환된다. 전환된다는 것은

---

76) 1년 미만 근속에 대해 독립연차 11일, 만 1년 시 15일, 만 2년 시 15일의 일반연차가 발생한다. 2년을 초과한 기간인 5개월은 추가 1년이 완성되지 않았기 때문에 연차휴가는 발생하지 않는다.

퇴직일 이후 장래 방향으로 청구권이 발생함을 의미한다. 이에 퇴직일 「이전」 3개월의 기간에 임금성을 가지지 못한다. 따라서 평균임금 산정기간에 근본적으로 산입되지 못하며 이는 퇴직금 산정에 반영되지 않음을 의미한다(그러나 미사용 연차휴가수당은 당연히 청구 가능하다). 그런데 만 1년을 근속하고 발생한 15일의 연차휴가(이를 전전년도 말에 발생한 연차휴가라고 한다)는 1년의 사용기한을 채우고 만 2년(이를 전년도 말[77]에 발생한 연차휴가수당이라고 한다)이 된 시점에서 미사용 연차휴가수당으로 전환되었다. 바로 이 연차휴가수당이 1년간 존재한다고 설정하면 이 수당의 3/12[78] 만큼 평균임금에 반영하여야 한다.

반면 확정기여형(DC형)의 경우 임금총액의 1/12 이상을 사외에 적립하는 구조이다. 연차휴가수당도 임금이기에 퇴직연차수당(상술한 전년도 말에 발생하여 퇴직으로 인하여 비로소 발생하는 연차수당)의 1/12도 사외에 적립해야 한다.

---

77) 독자들의 이해를 위해 연도 「말(末)」이라고 표현했지만 가장 정확한 표현은 직전 연차휴가산정기간의 끝단을 의미한다.

78) 1년을 재직했다고 가정하였기에 12로 나누고, 평균임금 산정기간인 3을 곱한다.

촉탁직과 파견직의 연차휴가

#2025년 1월

김재훈 부장, 아니 이제 책임이라는 직책이 부여된 김재훈 책임은 홀로 여행 중이다. 작년에 구매한 세단을 끌고 딱 10일만 여행을 다녀오겠다고 집에 말했다. 와이프와 희봉이 둘 다 찬성했다.

"아버지. 나그네처럼 발길 닿는 대로 마음대로 잘 다녀오세요. 운전 조심하시고요."

"여보. 30년 넘게 고생했는데 자유롭게 다녀요. 대신 연락은 매일 하고요."

1990년대 초. 마이카 시대라는 말을 처음 들었다. 당연히 김재훈 책임에게는 자기 차량이 없었다. 렌터카나 리스 제도도 지금과 같지 않은 시절이었다. 버스나 전철을 타고 북한산이라도 가면 다행인 시절이었다. 물론 돈 있는 친구들은 그렇지 않았지만.

회사에 취업한 후 적금을 들었고 언젠가 만날 배우자와 자녀를 위해 그저 돈을 모았다. 그러다가 첫 차로 준중형차를 구매했다. 하지만 혼자 여유 있게 다닌 적은 없었다. 차 구매 시점이 희봉이가 태어난 이후이기 때문이다.

그런데 지금은 정말 혼자다. 조강지처와 장성한 아들이 있음에도 열흘 간은 정말 혼자다. 물론 자유를 만끽해야 한다는 객기는 없다. 그냥 이 시간과 신분이 어색할 뿐이다.

'어디로 갈까?'

희봉이가 휴대폰에 어플을 깔아주었다. 숙박 어플. 세상 좋아졌다. 휴대폰 하나로 숙박까지 바로 예약이 되니 말이다. 일단 서울을 출발하여 남쪽으로 향했다. 경부고속도로를 타고 오산을 지났다. 쭉 내려가서 천안 쪽으로 갈까 아니면 평택제천고속도로를 타고 충주 쪽으로 가볼까 고민했다. 라디오에서 들은 날씨 예보에 따르면 1월임에도 예년과 달리 따뜻했고 다행히 눈 소식도 없었다.

많이 가지 않은 충청도 본진으로 가보고 싶었다. 충주와 청주의 앞 글자를 딴 충청도 아니던가? 안성IC에서 충주 쪽으로 갈아탔다. 안성맞춤 휴게소에 들려 어플로 비즈니스 호텔을 예약했다. 혼자 움직이는 게 어색했지만 슬슬 적응됐다. 충주에서 유명한 송어 음식점에 가서 비빔밥을 먹고 소주 한잔을 걸쳤다. 숙소에서 샤워를 한 후 혼자 침대에 누워있는데 가족들과 친구들, 직장 동료들이 생각났다.

'제기랄. 나 자신에게만 집중하려고 했는데 다른 사람들이 생각나네. 이래서 사람이 사회적 동물이라는 건가?'

호텔 예약과 근처 맛집 탐방이라는 루틴이 손에 익으면서 여행이 더 익숙해졌다. 충주로 온 김에 동진하기로 했다. 울진에서 바다를 보고 포항으로 내려가서 죽도시장에 들려 혼자 회도 먹었다. 울산을 거쳐 부산, 남해고속도로를 타고 광양까지 왔다. 이순신 대교가 화려하게 위치해 있다. 이 대교는 멋진 현수교로, 충무공 이순신의 탄생연도인 1545년을 기념하여 주탑 간 거리가 1,545m라고 한다. 이순신 대교가 훤히 보이는 락희호텔에서 숙박을 했다. 김재훈 책임의 전성기 시절 업무차 몇 번 왔던 호텔이다. 광양시청이 가까워서 음식점도 많다. 추억 놀이하면서 막창에 소주를 곁들였다.

광주, 전주, 익산, 보령, 태안을 경유해서 열흘 만에 서울로 왔다. 서울로 온 다음 날 회사 인사팀에서 전화가 왔다.

"부장님 안녕하세요. 아니네요. 어색하지만 책임 님이라고 해야죠?"

"뭐 공식 직함으로 하시죠. 책임이라는 말이 어색하지만요."

"네. 1월 31일이 금요일이거든요. 주중 후반에 다시 출근하는 게 좀 어색하지만 구정 연휴 후 31일부터 출근하시는 것으로 결정됐습니다. 출근 날에는 딱히 하실 일은 없을 것 같습니다."

"그래요. 제가 따로 준비할 것이 있습니까?"

"아니요. OB클럽방을 따로 마련했습니다. 송명건 책임님이 대빵이시구요. 그분이 잘 안내해주실 거예요."

"알겠습니다."

#2025년 2월

"2월부터 오라고 해도 될 텐데 1월 31일부터 와서 좀 그렇지?"

촉탁직의 대빵 송명건 책임이 넌지시 묻는다.

"뭐 그게 중요합니까? 이렇게 다시 불러줘서 고맙지요. 아마 분위기 적응하라고 그런 것 같습니다. 그리고 1월의 1일분이라도 월급을 받을 수 있어서 좋습니다."

김재훈 책임은 환복하면서 송명건 선배에게 대답했다

"근데 선배. 근로계약서는 다시 작성하겠죠?"

"당연하지. 나는 세 번째 계약서를 썼다오. 아마 이번이 마지막이 될 듯해."

"이유가 있습니까?"

"딱히 이유라기보다는 총 사용기한을 처음부터 이야기했어."

"사용기한이요?"

"촉탁직도 기간제야. 계약직이라고 보면 되는데 우리가 계속 엉덩이 깔고 있으면 정년퇴직하는 후배들이 비빌 자리가 없잖아."

"네. 그건 그렇지요."

"그래서 3년까지만 하겠다는 거지. 처음엔 서운했는데 거시적으로 보면 일리가 있더라고."

"네."

"우리 신분은 리셋된다고 보면 돼. 신입 사원처럼 시작하되 계약직 신분이라고 보면 돼."

"네. 정규직 직장으로 30년을 보장받았으니 괜찮습니다."

"그래. OB클럽은 기술 고문팀이라고 생각하면 돼. 이렇게 사무 공간도 마련해주었으니 괜찮은 대우라고 생각해. 1인 1책상 아닌가.

사무보조 업무는 파견직 사원이 담당해주는데 굉장히 성실해. 아마 파견계약이 끝나면 직접 고용을 하지 않을까 해.”

　“파견 사원의 사용기한이 정해져 있나요?”

　“그것까지는 나도 잘 모르겠는데 2년이라고 얼핏 들은 것 같아. 월급도 우리 회사에서 주는 게 아니더라고.”

　“그렇군요.”

김우탁 노무사의 특강 Vol.19

촉탁직과 파견직의 연차휴가는 어떻게 다를까?

촉탁(囑託)이라는 용어는 노동법 어디에도 없다. 이는 '부탁하여 일을 맡기다'라는 의미로 실무적인 용어이다. 이미 정년퇴직한 직장인을 기간제(계약직) 근로자로 채용하는 형태를 의미한다. 파견직은 파견근로자 보호 등에 관한 법률에 따른 근로자인데 채용·임금지급·근로관계종료·4대보험 관리는 파견사업주가 시행하고 업무 지휘명령은 사용사업주가 시행하는 3면 관계(파견사업주·사용사업주·파견근로자)로 구성된다.

고령자법[79] 제21조 제2항에서 사업주는 고령자인 정년퇴직자를 재고용할 때 당사자 간의 합의에 의하여 「근로기준법」 제34조에 따른 퇴직금과, 같은 법 제60조에 따른 연차유급(年次有給) 휴가일수 계산을 위한 계속근로기간을 산정할 때 종전의 근로기간을 제외할 수 있으며 임금의 결정을 종전과 달리할 수 있다고 규정하고 있다. 이는 당사자 간의 합의[80]에 따라 근속을 리셋(Reset)할 수 있음을 의미한다.

따라서 촉탁근로계약기간을 1년으로 정한 경우 기간제 직장인과 동일한 신분이 된다. 만약 근로계약기간을 딱 1년만 정한 경우 연차휴가는 독립연차 11일만 발생[81]한다. 그런데 위 에피소드와 같이 사용기한을 3년으로 정하고 근로계약기간의 단절 없이 반복갱신되었다면 기간제 직장인으로서 3년을 근속한 것과 신분상 동일하다.

---

79) 고용상 연령차별금지 및 고령자고용촉진에 관한 법률
80) 합의의 절차는 촉탁직 근로계약서 작성을 의미한다.
81) 1년(365일)이 되는 날 일반연차 15일이 발생하지만 근로관계종료로 인해 미사용(퇴직)연차수당이 발생하지 않기 때문에 사실상 독립연차 11일만 발생하는 것과 동일하다.

파견법[82)]에 따르면 파견근로자를 채용하는 파견사업주와 파견근로자에 대해 지휘명령을 하는 사용사업주는 근로기준법상 역할을 이원화하여 규정하고 있다. 연차휴가에 대한 전반적인 규정[83)]과 그 대체사용은 사용사업주에게 적용한다. 이는 실질적인 지휘명령을 하는 주체가 사용사업주이기에 당연한 논리이다. 그런데 파견사업주가 임금을 지급하기 때문에 미사용 연차휴가수당은 파견사업주에게 그 책임이 귀속[84)]된다.

---

82) 파견근로자보호 등에 관한 법률
83) 근로기준법 제60조
84) 파견법에서는 사용사업주와 파견사업주를 그 대상으로 하지만 실무적으로 근로자파견계약에 따라 파견사업주가 지급한다.

연차휴가의 사용촉진,
사용시기 변경권, 대체

#2025년 6월

희봉이는 9개월 만에 혜령이와 함께 손창호 노무사를 찾아왔다.

"형. 안녕하세요."

"어. 희봉. 회의실로 가자."

"네. 형. 이번에도 혜령이가 궁금한 게 있다고 해서요. 혜령이가 공식적으로 상담 의뢰한 것이니 상담료는 세금계산서 발행해주세요."

"그래. 그렇게 할게."

"상담 마치고 저번에 갔던 홍정기 참치 가시죠."

"너는 오늘 참치 먹으러 왔구나?"

"맞아요. 오후 반차 내고 따라왔습니다."

"그래. 잘했구나. 혜령 씨 오늘의 상담 주제는 뭔가요?"

"네. 연차휴가 사용촉진 포함해서 좀 많아요. 일단 저희 회사는 회계연도 방식으로 운영해서 연말이 되면 다음 해에 쓸 연차휴가일 수를 확정해요."

"그렇군요. 그렇다면 사용촉진 절차가 곧 시작되겠네요."

"네. 맞아요. 그런데 얼마 전에 사용촉진 절차가 근로기준법에 맞지 않았다는 이유로 노동부에 신고한 사건이 있었어요. 지금까지는 각 부서장이 구두로 촉진을 했다고 하더라고요."

"그럴 수 있죠. 매일 얼굴 보는 사이에 서면으로 촉진하는 것이 어색할 수 있죠. FM 방식이 궁금하신 거죠?"

"맞습니다."

"완전 FM 방식은 좀 복잡해요. 1월 1일부터 12월 31일까지를 연차휴가 산정기간이라고 하면 올해가 2025년이니까 2024년 12월 31일 24시에 발생한 연차휴가를 쓰는 거겠죠?"

"네. 그 부분은 알고 있습니다."

"네. 제가 당연한 논리를 이야기하는 이유는 연차휴가는 태어난 날짜와 사용 기한이 중요해서 그래요."

"네."

"다시 설명할게요. 2025년 12월 31일 24시부로 소멸할 연차휴가를 6개월 전인 7월 1일에 알려줘야 하는데요. 회사가 직원들에게 남은 연차에 대해 먼저 서면으로 통지를 하는 것입니다. 이 경우에는 원칙상 7월 10일까지 통지해 주어야 합니다."

"네. 그 부분까지는 잘했더라고요."

"문제는 두 번째 절차인 이른바 최후통첩인데요. 소멸일 2개월 이전까지 해야 하는데 꼭 서면으로 해야 합니다. 그리고 날짜를 특정해서 알려줘야 해요."

"아, 복잡하네요."

"그럼요. 사용촉진 절차를 원칙대로 진행하면 회사는 미사용 연차휴가수당을 주지 않아도 됩니다. 그만큼 돈을 번다는 말인데 이정도는 해야죠."

"네."

"위 절차에서 하나라도 흠결이 있는 경우 다 무효라고 전해주세요."

"네. 알겠습니다. 그리고 시기 변경권에 대해서도 여쭐게요."

"네. 시기 변경권은 참 애매하죠."

"왜요?"

"이게 법에서는 사업 운영에 막대한 지장이 있어야 한다고 정하고 있는데요. 막대하다는 수준이 어떤 수준인지는 정해주지 않고 있어요."

"자의적인 해석이 가능하겠네요."

"그렇죠. 그래서 시기 변경권을 마구 행사하면 직장 내 괴롭힘이 될 수도 있습니다."

"소송 사례는 많이 없나요?"

"네. 보통은 상호 합의 하에 다시 조정을 하기 때문에 그 기준에 대한 통일된 판결은 아직 보이지 않아요."

"한 부서에서 절반 이상의 인원이 가면 좀 그렇죠?"

"네. 그 정도면 막대한 지장이 초래될 수 있죠. 그런데 비수기인 상황이라면 해석이 달라지겠죠. 그냥 케바케입니다."

"네. 그리고 연차휴가 대체를 토요일로 할 수 있나요?"

"일반적으로는 안 되죠. 혹시 토요일이 본래 근무일인가요? 아니면 이미 금요일까지 1주 40시간을 채운 상황인가요?"

"아. 이미 40시간을 채운 상황입니다. 그런데 격주로 토요일에 출근을 하다 보니 토요일 근무를 빼주는 것을 연차휴가로 대체 가능하냐고 물어서요."

"그런 경우 토요일은 원래 쉬는 날입니다. 휴무일 아니면 휴일이죠. 그런데 노사 합의 하에 안 나와도 되는 날에 일을 하는 것일 뿐입니다. 물론 그 대가는 연장근로수당 아니면 휴일근로수당입니다."

"아. 결론은 연차휴가로 대체할 수 없다는 거군요."

"네. 맞습니다."

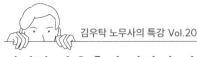

엄격한 사용촉진 절차와 시기변경권, 대체사용

주 5일 근무제(주 40시간 근무제) 시행 이전에는 연차휴가 사용촉진 절차가 없었다. 그러다가 우리나라도 2004년부터 주 5일 근무제를 시행하게 되면서 휴가라는 정체성에 맞춰 연차휴가의 실제 사용을 위해서 사용촉진 절차를 마련한 바 있다. 본 절차는 꽤나 엄격한 요건을 갖추고 있다.

위 에피소드에서 제시한 바와 같이 사용촉진을 제대로 했다면 회사는 그 즉시 미사용 연차휴가수당이라는 금전 보상 의무를 면제받는다. 회사에 따라 그 액수는 천차만별이겠지만 단순하게 1년간 15일의 연차휴가수당을 보상한다고 가정하면 반(半)달 치 월급에 육박한다. 결코 적은 금액이 아니다. 비용 절감이라는 형태로 회사에 이익을 가져다주는 절차인 만큼 근로기준법에서 정한 절차를 그대로 따라야 효력이 발생한다. 일반연차에 국한하여 설명하면 그 절차는 다음과 같다.

첫째, 연차휴가 소멸일 이전 6개월이 되는 날로부터 10일간 회사는 남아 있는 연차휴가일수를 알려주고 사용 시기를 회신해달라는 요청을 한다.

둘째, 직장인은 이에 10일간 추후 연차휴가 사용계획을 회사에 통지해야 한다. 만약 회사에 통지를 하지 않거나 계획대로 사용을 하지 못한 경우 회사는 이른바 최후 통첩을 진행한다.

셋째, 회사는 연차휴가 소멸일로부터 2개월 전까지 남은 2개월 기간 중 특정한 날(소정근로일)을 지정하여 그 사용 시기를 일방적으로 지정해야 한다.

중요한 점은 이러한 절차가 전부 서면으로 이루어져야 한다는 점이다. 만약 전자결재 시스템이 완비된 회사라면 전자 방식으로 진행해도 무방하다.

참고로 독립연차[85]의 경우 최대 9일의 독립연차와 최대 2일의 독립연차에 대하여 상술한 촉진 절차를 2회 수행하여야 한다.

사용촉진에서 회사가 일방적으로 사용 시기를 정하는 절차와 유사하게 직장인이 청구한 연차휴가의 시기를 변경하는 경우도 종종 있다. 어떤 직장인이 청구한 시기에 연차휴가를 부여하는 것이 사업 운영에 「막대한 지장」이 있는 경우에는 그 시기를 변경할 수 있다. 그런데 근로기준법에서 막대한 지장에 대해서 구체적으로 규정하고 있지 않다. 회사 규모나 처한 상황에 따라 다르겠지만 특정 부서의 직원 중 50% 이상이 특정한 날에 집중적으로 연차휴가를 사용한다면 부서 업무가 마비될 수 있을 것이다. 이러한 경우라면 회사가 시기변경을 요청해도 무방하다.

일요일이 주휴일이고 화요일이 관공서 휴일인 경우 월요일을 샌드위치 데이라고 칭한다. 또는 일요일·월요일·화요일을 징검다리 휴일이라고 한다. 월요일은 정상 근무일(소정근로일)인데 이날을 연차휴가 사용으로 합의하는 절차를 이른바 연차휴가 「대체」라고 한다. 적법한 연차휴가 대체는 근로자 대표와 서면으로 합의하여야 한다. 통상적으로 전사적인 차원에서 진행하는 만큼 개별 근로자가 아닌 근로자 대표[86]와의 합의를 그 요건으로 하고 있다. 마지막으로 당연한 논리지만 대체하는 날은 (휴일이나 휴무일이 아닌) 소정근로일이어야 한다.

---

85) 독립연차의 경우 그 절차가 일반연차에 비해 더 복잡하다. 자세한 설명은 본서의 범위를 넘기 때문에 이 내용이 궁금한 독자는 근로기준법 제61조 제2항의 내용을 참고하길 바란다.
86) 사업 또는 사업장에 근로자의 과반수로 조직된 노동조합이 있는 경우에는 해당 노동조합을 의미하며, 근로자의 과반수로 조직된 노동조합이 없는 경우에는 근로자의 과반수를 대표하는 자를 의미한다.

다양한 법정(法定) 휴가

· 임신 예정 여성이 사용할 수 있는 휴가 3가지
  - 난임치료휴가, 태아검진휴가, 출산전후휴가
· 배우자 출산휴가는 언제까지 신청할까?
· 육아휴직과 육아기 근로시간단축은 섞어서
  신청 가능할까?
· 생리휴가는 무급일까?
· 가족돌봄휴가와 휴직은 며칠 동안 사용 가능
  할까?
· 보상휴가제는 상시 근로자 수 5인 이상인
  사업장에 적용된다.
· 경조휴가는 법정휴가일까?

STEP 5까지 설명한 연차휴가 외(外)에도 우리나라에는 노동법
이 정하는 다양한 법정휴가가 있다. 법정휴가 외 휴가를 약정휴
가라고 하는데 경조휴가가 가장 대표적이다. 직장인을 위한 법
정휴가는 근로기준법과 남녀고용평등법에서 규정하고 있다. 반
면 약정휴가는 단체협약, 회사 자체 규정(취업규칙) 또는 근로
계약서에서 정하고 있다.

EPISODE 21.
난임치료휴가와 태아검진휴가, 생리휴가

#2023년 3월

KTX 안내 방송이 나온다.

"이번 역은 경주, 경주 역입니다. 하차하실 분은 미리 준비해주시기 바랍니다."

엄마와 함께 왔다. 6월에 출산을 앞두고 태교 여행을 왔다. 제주도를 갈까 하다가 비행기를 타는 것이 부담스러워서 기차로 갈수 있는 천년고도 경주로 왔다. 서울에 사는 정희는 올해 한국 나이로 35살이다. 요즘 추세로 봤을 때 노산은 아니지만 임신과 출산이 부담되는 것이 사실이다.

임신 과정도 순탄하진 않았다. 난임일지도 모른다는 생각에 지난 2년간 난임치료휴가를 총 6일 사용했다. 회사는 난임치료휴가에 적극 조력했다. 아쉬운 것은 1년에 3일만 쓸 수 있고 3일 중 1일만 유급이라는 점이었다. 그래도 산부인과에 가는 것에 대해 일절 의심을 하지 않았고 비밀 유지도 잘해주었다. 막상 임신 준비를 하니 2세 출산을 생각하지 않던 시절이 그리웠다. 그때는 한 달에 한 번 마법에 걸리는 것이 싫었고 몸이 너무 아프면 보건휴가를 쓰곤 했다.

"엄마. 내가 중학생 때 엄마가 몇 살이었지?"

"너를 23살에 낳았으니 36살? 37살?"

"와! 우리 엄마 그때도 엄청 젊었었네! 나는 지금 거의 그 나이에 첫애를 낳는데."

"너랑 정민이는 나처럼 사는 걸 원하지 않아서 열심히 입히고 먹이고 가르쳤지."

"그게 그렇게 한스러웠어?"

"지금 생각하면 뭐가 옳은 것인지는 모르겠어. 하지만 그때는 여자가 대학을 가는 경우가 많지 않았잖니. 엄마도 한 공부했는데. 그냥 고등학교 나와서 직장 몇 년 다니다가 결혼하고 애 낳고 사는 삶이라는 게 억울했지."

"지금도 억울해?"

"너도 애를 낳아보면 알 거야. 억울하다는 생각을 할 겨를이 없고 그냥 정신없어. 하지만 아기가 웃는 모습을 보면 이 아기를 위해 어떻게든 살아야겠다는 생각이 들지. 삶의 축이 바뀐다고 보면 돼. 물론 우리 사위하고 지지고 볶고 싸우는 일도 많겠지만."

엄마는 1989년에 정희를, 1992년에 동생 정민이를 낳았다. 외벌이였던 아빠는 그 당시 아빠들이 대부분 그러했듯이 평일에는 자정을 넘어서 귀가했고 주말에는 잠만 잤다. 당연히 엄마와 함께하는 물리적 시간이 아빠와 보내는 시간을 무제한 수준으로 압도하였다. 그러다 보니 자연스레 엄마는 선한 사람, 아빠는 어려운 사람이라는 공식이 성립됐다.

"근데 엄마. 이 아이를 20살이 될 때까지 내가 온전히 키울 수 있을까? 어느 때는 너무 겁이 나."

"쉽진 않을 거야. 요즘엔 주거비와 교육비가 너무 비싸니까. 정희 네가 클 때도 싸다고 생각은 안했지만 지금은 더 비싸진 게 맞는 것 같구나."

"지금 생각해보면 나랑 정민이가 용돈이 풍족한 적은 없었지만 그렇다고 부족한 적도 없었어."

"그게 다 엄마랑 아빠가 먹을 것 안 먹고 입을 것 안 입은 대가 아니겠니? 아빠도 고생 많았지. 너희 아빠도 젊었을 때는 얼마나 멋있었다고."

"네. 잘 키워주셔서 고마워요! 아 날씨 좋다! 황리단길 가서 맛있는 거 먹자. 내가 다수의 후보지를 검색해뒀어."

#2023년 4월

정희는 임신 28주를 맞이하고 있다. 배가 많이 불렀다. 이제 지하철에서 당당하게 임신부석에 앉을 수 있다. 임신 초기에는 임신부가 맞는지 의심하는 승객들의 눈초리가 부담스러웠다.

"부장님. 저 내일 오후에 산부인과에 좀 다녀와도 될까요?"

"그래. 정희 과장 집이랑 우리 회사 그리고 산부인과가 멀지 않아서 다행이야."

"네."

"보통 진료에 얼마나 걸리지?"

부장은 40대 중반의 남자였다. 여성 친화적인듯 하지만 그렇다고 여성 부하직원을 아끼지도 않는 전형적인 40대 아저씨였다.

"진료 자체는 얼마 안 걸리더라고요. 항상 대기시간이 길어서 문제죠."

"이제 배가 많이 나왔네. 몸도 더 무거워졌을 테니 앞으로는 태아검진시간을 회당 4시간 주면 괜찮겠지?"

"아, 그 정도면 충분합니다."

"대신 내일 산부인과 다녀온 후에 다음 주에 갈 날짜랑 시간대만 알려줘. 오전인지 오후인지?"

"네. 그럼요."

"앞으로 남은 기간에 대한 검진휴가는 정리됐고. 출산 예정일은 확정됐어?"

"저는 자연분만을 할 거여서요. 유동적이긴 한데 아마도 6월 25일에서 6월 말 사이가 될 듯 합니다."

"그러면 염두에 둔 출산휴가 시작일은 언제쯤이니?"

"5월 26일부터 가볼까 생각 중입니다."

"응. 경영지원팀에 그렇게 전달할게. 아마 다음 주에 가벼운 면담을 요청할 것 같아. 출산휴가 일정 조정 잘하도록 하자."

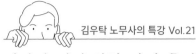

엄마가 되기 위한 값진 휴가

현실 용어로 태아검진「휴가」라고 부르는 휴가는 본래 옳은 말은 아니다. 정확한 것은 태아검진「시간」이다. 그럼에도 휴가라고 부르는 것은 소정근로일에 사용하고 이 시간에 대한 임금을 삭감하지 못하게끔 근로기준법에서 규정하고 있기 때문이다. 임금을 삭감하지 못한다는 것은 유급(有給)임을 의미한다.

근로기준법에서는 임신한 여성근로자가 규칙적으로 태아의 건강 상태를 확인하여 건강한 아이를 낳을 수 있도록 보호하겠다는 취지에서 태아검진시간 제도를 규정하고 있다. 근로기준법에서는 모자보건법을 인용하여 규정하고 있는데 모자보건법에서는 정기건강진단을 임신주수별로 차등하여 정하고 있다.

임신 28주까지는 4주마다 1회, 임신 29주부터 36주까지는 2주마다 1회, 37주 이후에는 1주마다 1회의 건강진단 횟수를 정하고 있다. 이때 임신 여성이「장애인복지법」에 따른 장애인인 경우, 만 35세 이상인 경우, 다태아를 임신한 경우이거나 의사가 고위험 임신으로 판단한 경우에는 위 건강진단 횟수 이상으로 건강진단을 실시할 수 있다.

중요한 점은 사업주는 근로자가 이 시간을 청구하면 반드시 허용해야 하고 임금을 삭감할 수 없다는 점이다. 그러나 정확히 몇 시간을 부여해야 한다고 규정한 내용은 없다. 근로기준법에서 건강진단에「필요한」시간만을 규정하고 있기 때문에 산부인과로 향하는 이동시간, 진료시간, 대기시간 등을 토대로 1시간에서 8시간까지 부여하면 충분할 것이다.

저출산 해소를 위한 국가정책 차원에서 2017년 11월 난임치료휴가 제도를 남녀고용평등법에 신설하였다. 2024년 7월 현재 난임치료휴가는 연간 3

일이며 이 중 1일만 유급[87]이다. 남성도 난임치료휴가를 신청할 수 있고 본 휴가 사용은 주휴수당에 영향을 미치지 않는다. 난임치료휴가는 직장인이 청구한 시기에 주는 것이 원칙이나 사업 운영에 중대한 지장을 초래하는 경우 상호 협의하여 그 시기를 변경할 수 있다. 또한 회사는 난임치료휴가를 신청한 직장인에게 난임치료 사실을 증명할 수 있는 서류의 제출을 요구할 수 있다.

임신기와는 무관하지만 근로기준법에서는 생리휴가 또한 규정하고 있다. 위 에피소드와 같이 실무적으로는 보건휴가라고도 부른다. 여성 직장인이 신청할 때 사용할 수 있는데 아쉽지만 본 휴가는 무급휴가이다. 따라서 생리휴가를 사용할 경우 월급에서 해당일 급여를 감액하고 지급해도 법 위반이 아니다.

---

87) 본 휴가를 6일로 늘리고 2일을 유급 처리하는 방안으로 법 개정 논의가 활발하다.

출산전후휴가

#2023년 5월

　일 처리를 꼼꼼하게 하는 것으로 유명한 경영지원팀장이 정희에게 묻는다.

　"정희 과장님. 부장님에게 전달받았어요. 이번 달 중 출산휴가를 개시한다고요?"

　"네. 5월 26일부터 가려고 하는데요. 예정일이 6월 27일쯤 될 듯해서요."

　"쌍둥이 출산이 아니니까 아시는 바와 같이 휴가기간은 90일입니다. 출산휴가는 주말 포함 사용이어서요. 5월 26일부터 사용하면 5월은 6일, 6월은 30일, 7월은 31일이니까 여기까지 67일이네요. 그러면 8월 23일까지 사용하는 것으로 할게요."

　"네. 계산 빠르시네요!"

　"과장님의 급여명세서상 통상임금에 해당하는 부분을 보니 기본급과 직책수당, 식대까지 해서 280만 원이더라고요. 이 중 60일분의 통상임금을 정기지급일에 2회에 걸쳐 지급할 거예요."

　"뒤 30일은 무급인가요?"

　"네. 90일 중 60일만 유급입니다. 정확하게는 통상임금의 60일분이요.”

“아 그렇군요. 그런데 제 친구는 90일 동안 210만 원 정도 다 받았다고 하던데요?”

“고용보험기금에서 뒤 30일 기간에 대해 210만 원을 한도로 지원해주는 게 있어요. 우리 회사 같은 중소기업은 앞 60일도 지원해주죠. 즉 과장님의 경우 280만 원 중 70만 원을 회사에서 2회 지급하고 210만 원은 고용보험기금에서 3번 지급받게 되실 거예요.”

“복잡하네요.”

“총액만 생각하면 복잡한 건 아닌데요. 이 급여는 과장님이 출산 후에 고용센터에 가시거나 인터넷을 통해 신청하시면 됩니다. 저희는 이 신청을 위해 출산휴가확인서를 제출할 예정이고요.”

회사의 설명과 조력 계획은 평타 이상이었다. 복직 후 출산축하금 100만 원도 지급한다고 한다. 무엇보다 정희는 복직 가능성이 가장 궁금했다. 특히 원직에 그대로 복직할 수 있는지가 가장 궁금했다.

“근데 팀장님, 질문이 있어요.”

“네? 궁금한 내용 있으면 다 이야기하고 가세요.”

“원직으로 복직은 되는 것인가요?”

“아. 당연하죠. 법에서도 그렇게 하라고 되어 있어요. 원직 복직이 원칙이고 부득이한 경우에는 동등한 수준의 임금을 지급하는 직무에 복귀시켜야 해요.”

"3개월이면 제 업무는 어떻게 할 예정이죠?"

"부장님은 십시일반해서 기존 직원들에게 분배를 할 예정인가 봐요. 과장님이 계시는 부서는 팀워크가 좋기로 유명하잖아요."

"네."

"혹시 육아휴직도 연달아 쓰실 계획인가요?"

"아직 결정을 못했어요. 육아휴직이 영향을 미치는 것이 있을까요?"

"과장님에게는 직장인으로서 보장된 권리죠. 그런데 오해는 하지 말고 들으세요. 사실 회사 입장에서는 회사도 살아야 하잖아요. 물론 심각하게 살아야 한다는 것은 아니고요. 대체인력을 알아봐야 하고, 필요하면 기간제 근로자 채용공고를 올려야 하거든요. 사람 구하는 것이 부동산보다 더 어렵다고 하니까요."

"네. 그렇겠네요."

"아직 육아휴직은 결정된 것이 아니니까 천천히 생각해보고 알려주세요."

"네. 엄마가 아기를 봐줄 수 있으면 당장 안 쓸 수도 있는데요. 남편과도 상의해 봐야 할 것 같아요."

"그럼요. 1년이라는 휴직을 해야 하는데 다른 의견이 있는 사공들이 많죠. 충분히 논의하고 알려주세요. 그러면 일단 5월 26일부터 출산휴가 가는 것으로 알고 있을게요."

"네. 팀장님."

#2023년 8월

정희는 내일 복직을 앞두고 있다. 5월 26일 아이를 출산하고 빛의 속도로 시간이 가버렸다. 새삼 엄마에게 고마움을 느끼고 있다. 단순히 육아를 도와주어서 그런 게 아니라 '34년 전에 엄마가 나를 이렇게 키웠겠구나'라는 생각이 들어 더더욱 고마움이 느껴진다.

복직 첫날은 즐거웠다. 아이에게는 미안하지만 일상에서 탈출한 감정도 느꼈고 아이 엄마가 아닌 이정희라는 정체성을 오랜만에 느낄 수 있었다. 그런데 오후 4시가 넘으니 아이가 보고 싶어졌다. 그 마음을 알았는지 바로 엄마에게 전화가 왔다.

"정희야. 첫날인데 어떠니? 버틸 만해?"

"그럼. 즐거워. 시간 금방 가네."

"훈이가 엄마 보고 싶은지 갑자기 많이 우네."

"말도 못하는 아이가 엄마가 보고 싶다고 말한 것도 아닐 텐데?! 맨날 밥을 주던 사람이 없어지니까 본능적으로 무섭나 보네."

"으이구, 바로 퇴근하니? 아니면 오랜만에 동료들과 식사하고 오니?"

"응. 점심을 거하게 쐈어. 피자와 스파게티 실컷 먹었어. 5시에 퇴근하고 바로 갈 기아."

"그래. 조심해서 오렴."

아이는 무럭무럭 자라고 있다. 제법 웃고 제법 울고. 이제 정희 스스로도 엄마라는 생각이 들 정도로 이 생활에 적응하고 있다. 회사 일도 조화롭게 잘 되어가고 있다. 그런데 오늘은 재수가 없는 날인지 작은 사고가 있었다.

출근길에 횡단보도를 건너다가 휙 지나가는 오토바이와 살짝 충돌했다. 아스팔트 길에 넘어지면서 약간의 타박상이 있었다. 회사에 전화하고 집 근처에 있는 정형외과에 갔는데 다행히 골절은 없었다. 그런데 출산 후 얼마 지나지 않은 상황이라 병원에서는 1주일 정도 입원을 권했다.

'이런. 애를 두고 입원해야 하나?'

"정희야. 우리 집이랑 가까우니까 입원하는 것으로 하자."

엄마는 딸이 걱정됐는지 입원에 동의했다.

"훈이는 내가 잘 봐줄 테니 치료를 잘 받는 게 좋을 것 같아. 면회 되는 시간에 아이 데리고 잠깐 가도 되니까."

입원할 결심은 했는데 회사에 말하기가 영 거북스럽다. 복직한 지 얼마나 됐다고 이런 민폐를 끼치다니. 부장님에게 출근길 상황과 입원 이야기를 했다.

"어. 이 과장. 이번 기회에 푹 쉬도록 하자."

"아 부장님. 일주일이나 자리를 비워서 너무 죄송해요. 면목 없습니다."

"보험 사기단도 아닌데 뭘 눈치를 봐. 지난 90일도 이 과장 없이 버텼는데 7일쯤이야. 걱정하지 마."

"네. 말씀 감사해요."

"아 참. 출근 때 사고 현장에 경찰도 왔었지?"

"네. 와서 사진 찍고 간단하게 조사하고 갔습니다. 그건 왜요?"

"출퇴근 사고도 산재 처리가 되거든. 산재 처리해야지. 치료비랑 임금의 70% 정도가 나올 거야. 내가 경영지원팀에게 이야기할게"

엄마가 된 것을 축하합니다. 출산전후휴가

본래 휴가는 소정근로일에 사용하는 것이 원칙이다. 그러나 유일하게 출산전후휴가는 그 이름이 휴가임에도 불구하고 (소정근로일이 아닌) 주말을 포함하여 90일 동안 사용한다. 이는 모성보호를 위한 절대 기간 90일을 확보하는 것에 그 의의가 있기 때문이다.

출산전후휴가는 그 이름에서 유추할 수 있듯이 출산이라는 사실을 기준으로 하여 앞뒤(전후)로 사용하는 휴가이다. 원칙적으로 90일을 사용하고 이 기간 중 60일에 대해서는 회사가 통상임금을 지급해야 한다. 또한 산후에 45일 이상을 배정해야 한다. 만약 쌍둥이를 출산한 경우 육아에 들어가는 노력이 더 추가되는 점을 감안하여 120일을 사용하고 이 기간 중 75일은 유급으로 하되 60일 이상을 산후에 배정해야 한다.

이 휴가는 연속하여 1회 안에 사용해야 한다. 다만 예외적으로 유·사산 경험이 있었거나 만 40세 이상인 경우 또는 유·사산위험이 있다는 의료기관의 진단서가 있는 경우에는 분할 사용이 가능하다. 분할사용을 하더라도 출산 후 기간은 45일(다태아의 경우 60일) 이상을 배정해야 한다.

90일의 휴가를 마치고 복귀하는 경우 원직에 복직하는 것이 원칙이며 부득이한 경우 회사는 해당 근로자를 동등한 수준의 임금을 지급하는 직무에 복귀시켜야 한다.

출산전후휴가 기간은 비록 휴직과 비슷한 신분이지만 계속근로연수에 산입되고 연차휴가 산정 시 출근으로 간주된다.

또한 이 기간은 평균임금 산정기간에서도 제외된다. 위 에피소드와 같이 어떤 직장인에게 9월 25일에 업무상 재해가 발생했다면 본래 평균임금 산정기간은 6월 25일부터 9월 24일까지이다. 그런데 이 기간 중 출산전후휴가 기간을 제외하면 복직일인 8월 24일부터 9월 24일까지로 축소 조정된다. 물론 출산전후휴가 기간 중 받은 임금(유급분)도 평균임금 산정 시 임금총액에서 제외된다. 즉 8월 24일부터 9월 24일까지의 기간에 받은 정상적인 임금총액을 이 기간의 총 일수(31일)로 나누어 평균임금을 산정한다.

직장인이 출산전후휴가를 개시하면 회사는 관할 고용센터에 출산전후휴가 확인서를 제출해야 한다.

본 확인서 제출 후 해당 직장인이 거주지 관할 고용센터에 출산전후휴가 급여를 신청하여 직접 입금을 받을 수 있다. 위 에피소드에서 서술한 바와 같이 최초 60일 중 210만 원(30일분 기준) 2회분은 고용센터에서, (통상임금인) 280만 원에서 210만 원을 초과하는 70만 원(약 2회분)은 회사로부터 지급받는다. 마지막 30일분의 급여는 (회사에서 지급할 의무는 없고) 210만 원을 한도로 직장인이 직접 고용센터로부터 지급받는다. 다만 출산전후휴가 개시일 이전 해당 직장인의 피보험단위기간[88]이 180일 이상이어야 한다.

---

88) 피보험단위기간은 재직기간과 약간 다르다. 재직기간 중 임금을 받은 날의 합계로써 고용보험료를 납부한 날들의 합계를 의미한다.

배우자 출산휴가와 육아휴직

#2024년 6월

재원의 최근 두어 달간 정신이 없었다. 아이도 출산하고 새로운 회사로 이직도 했다. 이직 결정은 쉽지 않았다. 대기업의 높은 연봉을 두고 스타트업 회사로 이직했기 때문이다. 옵션을 포함한 경제적 가치는 동일했지만 스톡옵션을 포함한 경제적 가치이기에 그 실현 여부는 불확실했다. 인공지능을 활용한 논리 분석 프로그램을 개발하는 이 회사는 50여 명이 근무 중이다. 투자금도 넉넉히 받아둬서 몇 년은 연구에만 몰두할 수 있다는 매력에 이직을 결심했다.

와이프는 출산휴가 중이다. 이직 전 회사에서는 눈치가 보여서 배우자 출산휴가를 쓰지 못했다. 곧 나갈 사람이 배우자 출산휴가까지 쓰고 나가는 것이 양심에 찔렸기 때문이다.

오랜만에 대학 선배인 김우탁 노무사를 만났다.

"형. 여기 오니 젊음의 기운이 많이 느껴지네요. 돌아다니기 민망할 정도로 우리가 늙어 보여요."

"너는 30대인데 그런 이야기를 하니? 설령 네가 늙어 보여도 이 동네 자영업자인 줄 알겠지."

"아, 그런가요? 그래도 밝은 기운이 좋네요."

"이직한 회사 분위기는 좋니? 아무래도 큰 회사 있다가 옮겨서 일장일단이 있을 텐데."

"네. 제가 선택한 것이니까요. 지금까지는 연구만 할 수 있다는 환경이 더 좋습니다."

"그래. 너는 천상 개발자니까. 아이는 잘 크고?"

"네. 매일 울죠. 근데 뭐 하나 물어봐도 돼요?"

"그럼."

"제가 이전 회사에서 재직할 때 아들이 태어났잖아요. 근데 곧 그만둘 신분이라 배우자 출산휴가를 못 썼거든요."

"응. 그럼 끝이지."

"아. 회사 기준이군요?"

"농담이야. 아이가 태어난 지 며칠 됐지?"

"아 뭐예요? 하하. 저 휴가 쓸 수 있는 거예요?"

"휴가 신청일 기준으로 아이가 생후 90일이 안 됐으면 가능해."

"아. 일단 그러면 여기서도 쓸 수 있다는 거군요."

"응. 가능해. 그래도 이직한 지 얼마 안 됐으니 예의상 미리 양해를 구하는 방식으로 회사에 이야기해. 물론 너의 권리니까 그냥 가도 회사는 거부할 수 없는데 세상사가 그런 게 아니야."

"네. 어떤 말씀인지 알겠습니다."

"육아휴직도 갈 거니?"

"사실 이전 직장에 계속 있었으면 가려고 했거든요. 근데 여기에서는 오자마자 1년도 안 돼서 휴가를 쓰는 게 미안해서요."

"그래. 그 부분도 참 힘들지. 보장된 권리를 쓸 것인가? 회사 입장을 생각할 것인가? 그래도 육아휴직은 아이가 만 8세 364일이 되는 날까지만 개시하면 되는 거니까 시간은 아직 많아."

"그렇죠. 이제 생후 60일 좀 넘었는데 8세라…… 까마득하네요. 와이프는 18개월 이전에 같이 써서 <6+6> 제도로 가자고 하던데요. 2024년 올해부터 새로 생긴 제도라면서요?"

"응. 새로 생긴 것이라기보다 기존 <3+3> 제도를 보완해서 부모에게 더 좋은 권리를 보장해 준 거야. 장점은 국가에서 주는 돈의 한도가 높다는 거고 단점은 생후 18개월 이전에 써야 한다는 것이지."

"네. 그렇군요."

"육아휴직은 2회 분할도 되는데 길게 가는 휴직이니까 가족들이랑 회사랑 사전에 잘 상의하고 결정해."

"네. 알겠습니다."

아빠도 쓸 수 있는 배우자 출산휴가와 육아휴직

남녀고용평등법에서는 배우자 출산휴가를 규정하고 있다. 본래 최대 5일이었던 휴가가 2019년부터 10일로 증가하였다. 종전에는 5일 중 3일만 유급이었고 주말 포함해서 사용 가능하였는데 현재는 10일 전부가 유급이고 (주말을 제외하고) 소정근로일에만 사용해야 한다. 따라서 주말이 앞뒤로 배정된 경우에는 달력상 최대 14일까지 사용할 수 있다.

배우자 출산휴가는 배우자가 출산한 날로부터 90일이 지나면 청구할 수 없다. 그런데 청구의 기준은 회사 기준이 아니라 아이 기준이다. 따라서 90일 내에 (위 에피소드처럼) 직장인이 이직했더라도 이직한 회사에서도 이 휴가를 사용할 수 있다. 직장인의 사정상 연속 사용이 어려운 경우 1회 분할사용이 가능하다. 또한 회사는 이 휴가 사용을 이유로 직장인을 해고하거나 그 밖의 불리한 처우를 하여서는 안 된다.

10일을 유급 처리한다는 것은 정해진 월급을 (삭감하지 않고) 그대로 지급하는 것을 의미한다. 실무적으로 본래의 월급을 그대로 지급하고 사업주가 배우자 출산휴가급여를 대신하여 청구한다. 10일 중 절반에 해당하는 5일분을 사업주에게 약 40여만 원[89]을 한도로 지원해주고 있다.

육아휴직도 남녀고용평등법에서 규정하고 있는데 이는 전 국민이 알고 있는 대표적인 모성보호 휴직이다. 원칙적으로 출산 후 8세 이하 또는 초등학교 2학년 이하 자녀(입양아 포함)에 대하여 휴직을 신청할 수 있다. 이때 자녀의 연령과 학령 등은 개시요건으로써 8세 364일 이전에 육아휴직을 개시하면 된다. 예외적으로 2021년 11월 남녀고용평등법을 개정하여 임신 중이더

---

89) 2024년 현재 상한액 401,910원이 고시되어 적용 중이다. 매년 고시된다.

라도 태아 보호를 위해 육아휴직을 사용할 수 있다. 다만 해당 회사에서 재직기간이 6개월 미만인 경우 회사가 육아휴직을 거절할 수 있다.

육아휴직의 총 기간은 1년을 상한으로 하고 휴직 30일 전에 회사에 신청해야 한다. 육아휴직은 2회 분할사용이 가능하므로 3번에 걸쳐서 사용할 수 있다. 다만 임신기에 사용한 육아휴직은 분할 회수에 포함되지 않는다.

기간제(계약직) 또는 파견직 직장인도 당연히 육아휴직을 신청할 수 있다. 다만 기간제 직장인이 정규직으로 전환되는 요건인「2년 초과」라는 사용기간, 파견직 직장인에 대한 직접 고용의무가 발생하는「2년 초과」라는 근로자 파견기간에서 육아휴직 기간은 제외한다. 예를 들어 2년을 근로계약기간으로 정한 기간제 직장인이 1년을 실제로 근속한 후 육아휴직을 1년 사용하고 복직하여 다시 1년을 실제로 근속한 경우 회사에 적(籍)을 둔 기간은 3년이지만 실 근속기간은 2년이다. 이 경우 사용기간(파견직 직장인의 경우 파견기간)은 실 근속기간인 2년이 되며 (사용기간이 2년을 초과하지 않으므로) 정규직 직장인으로 전환되지 않는다.[90]

(출산전후휴가와 마찬가지로) 육아휴직이 종료된 후에는 육아휴직 전과 같은 업무 또는 동일한 수준의 임금을 지급하는 직무에 복귀시켜야 한다. 남녀고용평등법에서 정하는 1년까지의 육아휴직 기간은 퇴직금 산정을 위한 근속기간에 포함한다. 또한 육아휴직 기간은 연차휴가 산정 시 출근으로 간주된다.

육아휴직의 사촌 격인 육아기 근로시간 단축제도가 있다. 자녀 요건은 육아휴직과 동일하다. 다만 재직기간이 6개월 미만인 경우, 회사가 직업안정기관(고용센터 등)에 14일 이상 대체인력을 구인했는데 대체자를 구인하지 못한 경우 또는 직무분할이 불가능한 경우, 정상적인 사업 운영에 중대한 지장을 초래하는 경우(회사가 이를 증명해야 한다)에는 회사가 근로시간 단축을 거절할 수 있다.

---

90) 이러한 규정이 부당하다고 생각될 수 있지만 본 규정이 없다면 육아휴직을 포함하여 2년이 되는 날에 근로계약을 종료할 가능성이 크므로 기간제 또는 파견직을 보호하는 규정이다.

육아기 근로시간 단축제도를 활용할 경우 1주 소정근로시간은 15시간 이상 35시간 이하로 결정해야 한다. 본 제도의 사용기간은 1년을 원칙으로 하되 「1년에서 육아휴직을 사용하지 않은 기간을 차감한 기간」을 가산한다. 따라서 최소 1년 최대 2년을 사용할 수 있다. 분할 사용 횟수에 제한은 없지만 1회 사용은 3개월 이상이어야 한다.

마지막으로 육아기 근로시간 단축은 일시적인 파트타이머 형태로 전환하는 것이므로 평균임금 산정 시 이 기간은 제외한다.

EPISODE 24.
가족돌봄휴직과 휴가

#2021년 5월

오후 8시 30분. 김우탁 노무사는 김재성 세무사와 선릉역 먹자 골목에서 치맥을 먹고 있다. 서빙을 하는 아르바이트생이 종을 치면서 손님들에게 큰소리로 외치고 있다.

"30분 뒤인 9시에 영업이 종료됩니다. 추가 주문은 더 이상 받지 않습니다. 남은 술과 음식을 정리하시고 9시에 마무리 부탁합니다."

두 아저씨는 5시에 만났다. 풍선효과처럼 9시라는 종료 시간이 고정되니 만나는 시간이 앞으로 당겨졌다. 김재성 세무사가 묻는다.

"노무사님. 치맥하다 보니 본론 이야기를 못했네요. 뭐 복잡한 것은 아니고요."

"네. 어떤 일인지요? 거래처 일인가요?"

"아니요. 저희 사무실 일입니다."

"네."

"저희 직원이 코로나19로 재택근무를 하고 있거든요. 이번 달은 종소세 신고로 바쁘기도 하고요."

"네."

"그런데 부모님이 경부고속도로에서 받히는 사고를 당했나 봐요."

"이런. 많이 다치진 않았나요?"

"네. 다행히 골절상이나 큰 통증은 없으시다고 하네요. 그런데 노령이시다 보니 한 달 넘게 케어가 필요한가 봐요."

"네. 그러겠네요."

"이럴 땐 제가 휴직을 거부할 수 없는 것인가요? 당연히 줘야 하는데 종소세 때문에 바빠서요."

"아마 그분이 가족돌봄휴직을 신청한 것 같습니다."

"그런 제도가 있나요?"

"네. 가족이 아프거나 사고를 당했을 때 사용할 수 있는 휴직입니다. 다만 무급입니다."

"그렇군요. 거부 사유는 없나요? 사실 허용할 예정인데 알고 응대해보려고요."

"그분 외에 부모님을 돌볼 수 있는 가족이 있을 경우나 재직기간이 6개월이 안 된 경우에는 거절할 수 있습니다."

"네. 근속기간은 2년이 훌쩍 넘었고 다른 가족들이 돌볼 수 있는지는 사실 제가 알 수가 없죠."

"사실 알기가 어렵죠. 서로 신뢰 하에 믿어줘야죠."

"네. 맞습니다. 그런데 우리나라에 좋은 휴직제도들이 많군요?"

"그럼요. 잘 안 알려져서 그렇죠. 만약 그분의 자제분이 코로나19로 휴교 처분이 된 경우 가족돌봄휴직이 아닌 휴가 형태로도 사용할 수 있어요."

"아, 그런가요?"

"네. 휴직은 연간 최장 90일인데 이 휴가는 연간 최장 10일입니다. 하루 단위로 쓰라고 만들어 준 것이지요."

가족의 평화를 위한 돌봄휴직과 휴가

가족돌봄휴직(휴가 포함)이 규정된 것은 꽤 오래되었지만 본격적으로 직장인들에게 알려진 것은 코로나19 사태부터이다. 당시 집합이 금지되고 재택근무가 확대되는 사회적 현상과 더불어 가족을 돌봐야 하는 직장인들이 대폭 증가했기 때문이다.

가족돌봄은 휴직부터 출범했다(휴가는 그 뒤에 규정하였다). 출범 시 가족의 범위는 부모, 배우자, 배우자의 부모, 자녀로서 신청하는 직장인 기준으로 ±1세대를 의미했다. 그러나 최근 들어 황혼육아가 증가하는 사회변화로 인해 2019년에 남녀고용평등법을 개정하여 가족의 범위에 조부모와 손자녀까지 포함한 바 있다.

돌봄의 사유는 질병·사고·노령이며 회사는 원칙적으로 가족돌봄휴직을 허용해야 한다. 다만 대체인력 채용이 불가능한 경우, 정상적인 사업 운영에 중대한 지장을 초래하는 경우, 본인 외에도 조부모의 직계비속 또는 손자녀의 직계존속이 있는 경우, 재직기간이 6개월 미만인 경우, 본 휴직을 거부할 수 있다.

가족돌봄휴직은 연간 90일을 한도로 하며 분할사용이 가능하되 1회 사용은 30일 이상이어야 한다.

가족돌봄휴직은 휴직이라는 정체성에 따라 비교적 장기간에 걸쳐 사용해야 한다는 단점이 있다. 이에 2020년 가족돌봄「휴가」제도를 신설하여 1일 단위로 사용할 수 있게 하였다. 다만 가족돌봄휴가는 연간 10일을 한도로 하며 이 10일의 기간은 가족돌봄휴직 가능 기간(90일)에서 차감한다. 가족돌봄휴가를 사용할 수 있는 경우는 자녀가 소속된 학교에 대한 휴업 명령 또는 휴교 처분으로 인해 자녀 돌봄이 필요한 경우이다.

가족돌봄휴직과 가족돌봄휴가 기간[91]은 근속기간에 포함[92]한다. 다만 평균임금 산정기간에서는 제외한다.

---

91) 육아기 근로시간 단축제도와 같이 가족돌봄을 위한 근로시간 단축제도도 있는데 본서에서는 따로 설명하지 않았다. 본 내용은 남녀고용평등법 제22조의3 참고하길 바란다.

92) 연차휴가산정과 관련하여 남녀고용평등법과 근로기준법에서 출근으로 간주한다는 규정은 없다. 본 휴직은 사업주가 승인하는 휴직이기 때문에 비례 계산에 따르면 된다.

EPISODE 25.
보상휴가제

#2024년 12월

　인천공항 내 라운지에 크리스마스 캐럴이 정겹게 울린다. 희원이와 혜령이는 곧 시작될 해외여행에 들떠있다. 둘은 9박 10일 동안 헝가리 부다페스트, 폴란드 바르샤바, 체코 프라하 등 동유럽 도시 위주로 여행을 갈 예정이다.

　혜령이는 연차휴가 사용촉진 시기를 사전에 회사와 이야기해서 연말에 집중적으로 배치하였다. 희원이는 건축설계 사무소에서 근무 중인데 올해 여름과 가을에 주택공사에서 발주한 프로젝트 참여하면서 엄청난 야근을 했었다. 당시 사무실 대표가 시간외 수당을 받을지 보상휴가를 받을지 결정해달라고 했다. 초가을까지는 당연히 현금인 시간외 수당을 원했다. 그런데 날씨가 추워지자 생각이 슬슬 바뀌었다.

　"희원아. 내 말 듣기 잘했지?"

　"그럼. 10일 넘게 여행도 갈 수 있고. 돈보다 휴가가 더 좋네."

　"거봐. 내가 보상휴가제도 좋다고 했잖니? 언제 우리 둘이 이렇게 길게 여행을 가보겠니?"

　"우리 사무소는 설계 사무실이라 연말이 좀 한산하긴 해. 그래서 좀 더 자유롭게 잡을 수 있었어. 남은 연차랑 보상휴가를 붙이니까 무려 15일을 쉴 수 있더라고."

"와우. 15일! 엄청 많다. 올해 공식 업무 끝이네?"

"응. 맞아."

"우리 결혼하기 전에 이렇게 다녀보자. 주변에 결혼한 언니들이 그러는데 젊어서 여행 많이 다녀야 한대."

"맞는 말이지."

"돈도 돈이지만 시간은 돈 주고 못 사잖니?"

#2024년 8월

김석민 차장은 친구들과 삼척으로 향하고 있다. 40대 중반 엉클들의 모임이다. 올해 초부터 준비해온 모임이다. 결혼한 친구도 있고 미혼인 친구도 있다.

"석민아. 운전 괜찮아? 언제 교대해 줄까?"

절친 광태가 묻는다.

"괜찮아. 너도 좀 자. 다른 애들은 묻지도 않고 뻗었는데 뭘."

"아니야. 맥주 두 캔 먹긴 했는데 아직 졸리진 않아. 남자 넷이 차 타고 강원도 가니까 예전에 우리 고딩 때 바캉스라고 갔던 기억이 나네."

"그때는 거지였지."

"그러게. 세상 물정 모르던 나이였는데 멀리도 갔어. 겁도 없이."

"이제는 돈은 있는데 이렇게 다 같이 모일 시간이 없으니 슬프네."

"슬프긴 뭐가 슬퍼. 이렇게 같이 가면 됐지. 철학적인 이야기 그만하고. 삼척에서 뭐 먹을 거야?"

"바닷가니까 회 먹어야 하지 않겠어? 우리 숙소 바로 앞이 해변인데 널린 게 횟집이야. 회비로 먹는 거니까 실컷 먹어라."

"그래. 근데 석민이 네가 매번 회사 일로 바쁘길래 사실 이번 모임에도 못 올 줄 알았어. 그런데 어떻게 4박 5일 연속 휴가에 성공한 거야?"

"작년부터 우리 회사에서 보상휴가제를 도입했거든. 노동조합하고 합의 보고 그러더라고."

"그게 뭐야?"

"연장수당, 야간수당, 휴일수당 대신에 휴가로 주는 제도야. 6개월 안에 써야 하고. 물론 못 쓰면 다시 수당으로 주는데 나는 쓰는 방향으로 선택한 거지."

"아. 좋은 제도네. 돈 대신 휴가라는 현물을 받고, 우리 우정도 다지고 힐링도 하고."

현금 대신 현물을 선택하는 보상휴가제

보상휴가제는 연장근로수당·야간근로수당·휴일근로수당을 지급하는 대신 휴가를 부여하는 제도를 의미한다. 본 제도는 근로기준법 제57조에서 규정하고 있는데 상시근로자수 5인 이상 사업장에 대하여 적용하는 것을 원칙으로 한다.

보상휴가제 대상이 되는 수당은 일반적인 연장근로수당, 야간근로수당, 휴일근로수당과 3개월·6개월 이내 탄력적 근로시간제[93]의 연장근로수당, 선택적 근로시간제[94]의 연장근로수당이다. 본래 연장근로수당은 통상임금의 50%를 가산하여 이른바 1.5배의 수당이 지급되어야 한다. 야간근로수당은 야간근로(저녁 10시부터 다음 날 오전 6시까지의 근로)에 대하여 통상임금의 50%를 지급한다. 휴일근로수당의 경우 8시간 이내의 휴일근로는 통상임금의 50%를 가산(1.5배 지급)하고 8시간을 초과한 휴일근로는 100%를 가산(2배 지급)한다. 즉 시간급으로 환산한 통상임금(이를 통상시급이라고 한다)에 대하여 50%를 가산하는 것인데 보상휴가는 「시간」에 대하여 50%를 가산한다.

예를 들어 통상시급이 1만 원인 직장인 A가 주휴일에 출근하여 8시간을 일한 경우 12만 원(=1만 원×1.5×8시간)이 휴일근로수당으로 지급되어야 한다. 그런데 보상휴가를 적용할 경우 8시간에 1.5배를 한 12시간의 휴가를 주어야 한다. 최근에는 반차와 같은 시간 단위의 휴가 사용이 활발하므로 12시간을 분할하여 지급할 수도 있다.

---

93) 근로한 기간이 단위 기간보다 짧은 경우의 임금 정산을 의미한다.
94) 정산기간 내 총근로시간을 초과하는 연장근로수당을 의미한다.

필자가 실무 상담을 하다 보면 보상휴가제와 휴일 대체를 헷갈려 하는 내담자를 종종 만난다. 휴일 대체는 말 그대로 휴일의 위치를 1:1 비율로 바꾸는 것일 뿐 가산율의 적용이 없다. 또한 휴일 대체는 휴일이라는 영역을 그 대상으로 하는데 보상휴가제는 연장근로와 야간근로까지 포괄하므로 서로 다른 제도라고 할 수 있다.

이러한 보상휴가제를 도입하려면 근로자 대표와 서면합의를 해야 한다. 서면합의의 내용을 근로기준법에서 따로 규정하고 있지는 않기 때문에 노사 간 자유롭게 합의 내용을 정할 수 있다. 통상적으로 보상휴가제의 대상 범위(직군별, 부서별, 직무별 등), 휴가를 사용할 수 있는 기간(연차휴가는 1년인데 보상휴가제는 3개월, 6개월, 1년 등으로 정할 수 있다), 사용을 못 한 경우 다시 수당으로 환가(換價)되는 사항(지급 시기 등), 보상휴가를 사용할 수 있는 시기(연말, 하계휴가 시즌 등)를 서면합의의 내용으로 한다.

참고로 근로자의 날은 근로자의 날 제정에 관한 법률에 따른 법정휴일인데 고용노동부 유권해석에 따르면 휴일 대체를 인정하지 않는다. 다만 본 주제인 보상휴가제로 운영하는 것은 가능하다고 해석하고 있다.

또한 연차휴가와 다르게 보상휴가제의 사용에 있어서 직원의 귀책사유를 규정하고 있지 않다. 따라서 직원 자신의 귀책사유로 인해 휴가를 사용하지 않은 경우에도 그에 대한 임금을 지급해야 한다.

열심히 일한 당신에게 주어지는 선물, 휴가

뜬금없지만 라떼 시절 이야기를 해보려 한다. 필자가 사회생활을 시작하던 2004년의 이야기이다. 그 해는 주 5일 근무제가 시작되던 해였다. 당시 교대제 개편 관련해서 어떤 문헌을 읽었는데 3주에 1일을 쉬는 유형을 본 적이 있다. 그 당시 필자는 그다지 놀라지 않았다. 그때는 그냥 그랬던 시절이었기 때문이다.

그런데 지금은 어떠한가? 그새 강산이 두 번 바뀌었다. 필자가 사무실을 운영함에 있어 함께 일하는 노무사와 직원들에게 가장 신경을 많이 쓰는 부분은 휴가이다. 이제 휴가를 떼놓고 인사노무 영역을 논할 수 없는 시대이다.

휴가를 쓸 수 있다는 것은 거룩한 일자리가 있다는 것을 의미한다. 열심히 일한 자만이 휴가의 달콤함을 알 수 있다. 밀려드는 업무의 파도 앞에서 넋을 잃는 경우도 있었을 것이고 상급자 또는 동료들과의 갈등으로 인해 마음이 요동친 적도 있었을 것이고 이럴 바에는 다 때려치우고 싶은 깊은 욕망을 느낀 적도 있을 것이다. 반대로 나의 업무수행에 짜릿한 정복감과 쾌감을 느낀 적도 있었을 것이고 내 월급으로 가족과 친구 그리고 연인에게 맛있는 음식을 사주면서 기쁨을 느낀 적도 있었을 것이다.

기쁜 일도 업무이고 기쁘지 않은 일도 업무다. 열심히 일한 독자들은 휴가를 즐길 권리가 있다. 우리나라의 법정 휴가는 이 책에서 서술한 것처럼 생각보다 다양하게 존재한다. 워라밸 문화가 2030세대의 대세 문화로 자리매김하면서 이는 4050세대에도 서서히 영향을 주고 있다. 필자는 근로기준법상 근로자가 아님에도 휴가를 좋아한다. 잠시 업무를 떠나서 스스로와 대화를 하거나 주위 사람들과 소통을 하는 자리에서 분명 재충전된다는 느낌을 받기 때문이다.

이 책에서 설명한 연차휴가를 포함한 법정휴가 내용은 근로자로서 직장인의 권익을 주장하거나 회사가 알아야 하는 노동법 지식을 나열하는 데 그 목적이 있지 않다. 일단은 편하게 접할 수 있는 연차휴가와 관련된 책이 없다는 데서 집필을 시작했고 그저 쉽게 설명하기 위해 에피소드를 구성했다. 그 에피소드와 관련된 전문지식을 필자 나름대로는 최대한 쉽게 써보려고 노력했다.

취업준비생에게는 이 책이 축하 선물이 되었으면 좋겠고, 주니어 직장인에게는 연차휴가의 존재가 어떻게 생겼는지 알려주는 길잡이가 되었으면 좋겠다. 또한 시니어 직장인에게는 연차휴가수당이 어떻게 산정되는지를 알게 하는 수단으로 기능했으면 좋겠다. 각자의 상황과 위치는 다르지만, 이 책을 읽는 모든 분이 각자에게 꼭 필요한 정보를 얻기를 바란다.

필력이 부족하여 독자들의 욕구를 다 채우진 못했을 것이다. 그럼에도 이 책을 통해 독자들이 연차휴가와 법정휴가에 대한 아주 작은 지식의 진전이라도 이루게 된다면 필자는 큰 보람을 느낄 것이다.

Kim Wootark
Labor attorney

저자 소개

　　김우탁 노무사는 서강대학교 경영학과를 졸업한 그 해 2003년 제
12회 공인노무사 시험에 합격했다. 2004년부터 노무사 현업을 시작
하여 만 20년째 외길을 걷고 있다. 노동법을 다루는 전문 자격사로서
직장인의 마음을 이해하고, 노무법인 원(元) 대표로서 사업체를 운영
하는 사업주의 입장도 이해한다.

　　신림동 고시촌 공인노무사 학원에서 12년간 노동경제학 강의를
한 바 있고 현재는 각종 산업교육기관에서 실무강의를 활발하게 진행
하고 있다. 수험서와 실무서 11권의 책을 집필한 바 있으며 이 책은 김
우탁 노무사의 12번째 책이다.